풀꽃

J.H CLASSIC 070

풀꽃

나태주 대표 시선집

지혜

'개정판' 시인의 말

독자분들의 변함없는 사랑을 청합니다

두루 운이 좋았습니다. 1971년 《서울신문》 신춘문예에 시가 당선되어 시인이 된 뒤 줄곧 시를 써서 세상에 묻었지만 나는 독자들이 별로 알아주지 않는, 다만 시골 시인이었습니다. 그런데 시 한 편으로 하여 모든 상황이 바뀌게 되었습니다. 바로 그 시가 「풀꽃」입니다.

계기가 없었던 건 아닙니다. 2012년 봄, 서울의 교보생명 본사 외벽을 장식해온 '광화문 글판'에 '풀꽃' 시가 게시되어 알려지고 또 그해 겨울, 「학교 2013」이란 드라마에 이종석이란 미남 배우가 '풀꽃' 시를 외우면서 젊은 세대들에게 알려지기 시작했습니다.

나아가 2015년 교보생명이 지난 25년간 광화문 글판 가운데 시민들에게 가장 많이 사랑받은 문장을 찾는 인터넷 투표에서 '풀꽃' 시가 가장 높은 지지를 얻어 1위를 하게 된 것입니다. 이야말로 예상하지 못했던 일로 오직 독자들의 선택에 의한 기적 같은 일입니다.

'자세히 보아야/ 예쁘다// 오래 보아야/ 사랑스럽다// 너도 그렇다.' 스물넉 자밖에 되지 않는 단출한 시입니다. 그런데 이 시가 독자들의 가슴에 들어가 꽃이 되고 악수가 되고 샘물이 된 것입니다. 그야말로 감사하기 짝이 없는 일입니다.

이 시집 『풀꽃』은 바로 그 '풀꽃' 시의 성공을 기념하고 기뻐하기 위해서 만든 선시집 형태의 책입니다. 대전의 지혜출판사를 경영하는 문예철학가 반경환 선생의 권유에 따른 일입니다. 이 또한 고맙고 은혜로운 일이었지요. 그것이 2014년도의 일입니다.

그런데 이번에 출판사에서 책의 판형을 바꾸어 새로운 스타일의 시집을 내겠노라 제안해 왔습니다. 마다할 일이 아니었지요. 다만 당초에 낸 책이 지나치게 크고 화려하기에 그것을 좀 줄여서 책으로 낸다는 제안이었습니다. 새로운 접근이 좋겠다 싶었습니다.

이 책을 처음 낸 것이 2014년이므로 이 책에는 그때까지의 시들로 채워졌습니다. 한 시인의 기념물이요 '풀꽃'이란 시에 대한 오마주를 포함하는 시집이라서 그 나름 의미와 향기를 지닌 시집입니다. 멀리 가까이, 여전히 좋으신 독자분들의 변함없는 사랑을 청합니다.

2021년 새봄에
나태주 씁니다

장락무극을 향한 시인들의 꿈 지리멸렬하고 상투적인 몸짓들과 마음 씀으로 가득한 이 산문적인 세상, 각질로 뒤덮여 있어 무언가를 보고 느 끼고 싶어도 제대로 보고 느낄 수 없을 만큼 무디어진 마음의 눈, 그리 고 그런 마음의 눈을 더욱 피곤하게 하는 하찮은 냉소와 불평으로 가득 한 이 세상의 글과 시들, 이 모든 것이 내가 파악하는 나와 내 주변의 문 제점만은 아니리라. 만일 나와 비슷한 처지에 있는 사람이라면, 누구라 도 한 번쯤은 나태주 시인의 이번 시집에 눈길을 주기를! 그리고 허망하 고 요원할 수도 있으나 그럼에도 불구하고 포기할 수 없는 '장락무극'을 향한 시인들의 꿈에 대해 한 번쯤 깊이 생각해 보기를!

＿ 시집 『황홀극치』 해설문 · 장경렬(서울대 영문과 교수), 2012년

제1회 나태주문학상 제정 나태주문학상 운영위원회(위원장 이준관) 는 오는 10월 '공주 풀꽃문학관' 개관을 앞두고 '나태주문학상'을 제정, 시상키로 했다. 나태주 문학상 운영위원회는 이에 따라 대상작품을 공 모한다. 응모자격은 등단 20년 내외의 기성시인으로, 2013년과 2014 년에 낸 창작시집 1권을 9월 30일까지 공주문화원으로 보내면 된다. '제1회 나태주문학상' 시상은 1명, 상금은 1,000만원으로 발표 및 시상 은 10월 중 할 예정이다.

＿ 《특급뉴스》, 2014년 6월 29일

제26회 정지용문학상에 나태주 시인 선정 '향수'의 작가 정지용 시 인을 기리는 문학인 모임인 지용회는 제26회 정지용문학상에 나태주 시인의 시 「꽃 2」가 선정됐다고 11일 밝혔다. 나태주 시인은 1971년 《서울신문》으로 등단했으며 『대숲 아래서』, 『황홀극치』 등 시집 34권과

『시골사람 시골선생님』 등 10여 권의 산문집을 냈다. 1964년부터 2007년까지 초등학교에서 교편을 잡았으며 현재 공주문화원장으로 일하고 있다. 시상은 오는 9월 27일 충북 옥천예술회관 등에서 열리는 제27회 지용제에서 이뤄진다.

　　__《국민일보》, 2014년 6월 11일

　'광화문 글판' 나태주 시인의 시「풀꽃」선정 5일 오전 서울 광화문 교보생명 빌딩 본사에 광화문글판 '봄편'이 걸린 가운데 여경이 발걸음을 옮기고 있다. 이번 글귀는 시인 나태주의 시「풀꽃」전문을 인용했으며, 무엇이든 관심을 갖고 깊이 들여다 보면 소중한 존재가 되고 그 진면목을 알 수 있다는 뜻을 담고 있다.

　　__ 뉴시스, 2012년 3월 5일

　"자세히 보아야 예쁘다/ 오래 보아야 사랑스럽다/ 너도 그렇다" 나태주 시인(69)의 시「풀꽃」은 교보문고 광화문점 건물 외벽에 내걸려 팍팍한 도시인들을 다독였고, 드라마 '학교 2013'의 가혹한 교실에서 낭송되며 희망을 불러왔다. 가진 것 없이 살아가는 사람들을 시로 따스하게 보듬어온 시인이 올가을 '도발'을 감행한다. 10월 충남 공주의 풀꽃문학관 개관에 맞춰 자신의 이름을 딴 '나태주 문학상'을 제정, 시상하기로 한 것이다. 공주시가 문학상 상금 1000만 원과 운영비를 지원한다. 시인은 공주문화원장을 5년째 맡고 있다.

　　__《동아일보》, 조이영(기자), 2014년 7월 10일

KBS 2TV 월화극「학교 2013」 이종석은 지난 4일 방송된 KBS 2TV 월화극 '학교 2013'에서 강제 전학 위기에 처한 같은 반 친구에게 나태주 시인의「풀꽃」을 낭송해 눈길을 끌었다. 이날 방송에서 이종석은 '자세히 보아야 예쁘다/ 오래 보아야 사랑스럽다/ 너도 그렇다.'는 시구를 나지막하게 읊어 보는 이들의 마음을 촉촉하게 적셨다.

　_《일간스포츠》, 2012년 12월 5일

삼성전자 갤럭시S5 '자세히 보아야 예쁘다. 오래 보아야 사랑스럽다. 너도 그렇다.'

나태주 시인은 '풀꽃'을 이렇게 노래했다. 삼성전자가 이달 출시하는 스마트폰 '갤럭시S5'도 그런 느낌이다. 다섯 번째 갤럭시S에 이르러, 삼성전자는 '절제節制'를 주제로 한 스마트폰을 내어놓았다.

　_《조선일보》, 2014년 3월 28일자

삶과 죽음 사이에 난 순례의 길을 돌아온 시인은 여전히 말보다 결이 고운 침묵으로 꽃의 시를 잣는다. 아직도 나태주의 시는 어디로 나아가겠다, 갈피가 되어주겠다 하는 쉽고 무모한 말들을 발설하지 않는다. 대신 비가 오고, 바람이 불고, 눈이 오는 날 제 영혼에 새겨진 쓸쓸함으로 우리의 쓸쓸함을 꼭 함께 울어주겠다 한다. 그 자청이 여하한 예술보다 높고 깊어 한번쯤은 나태주의 시에 등을 내어 맡겨도 좋을 것만 같다.

　_ 전소영 · 문학평론가

영화「세상에서 가장 아름다운 이별」 그동안 감각적인 빠른 호흡을 선호했다면, 이번에는 관객들이 충분히 공감할 수 있도록 롱테이크(길게 찍기)를 많이 썼다. 한 장면을 여러 번 찍기보다는 배우들이 뻔한 연기가 되지 않게 한 번에 감정을 폭발시키도록 했다. 주목받지 못해도 자신을 희생하는 어머니의 느낌을 야생화에 비유해 영화 전반에 꽃 컴퓨터그래픽(CG)을 많이 사용했다. 영화 마지막에 인용한 '자세히 보아야 예쁘다. 오래 보아야 사랑스럽다. 너도 그렇다.'라는 나태주 시인의「풀꽃」이라는 시구도 어머니를 비유한 것이다.

— 《서울신문》, 2011년 4월 19일

시는 상처의 꽃 나태주 시인은 시에 대해 "시는 인생살이를 하다가 받는 온갖 상처의 꽃"이라며 "그 꽃 뒤에는 칼이 있고, 그 뒤에는 외로움이 있고, 그 뒤에는 그리움이 있고, 다시 그 뒤에는 실패가 있고, 그 뒤에는 사랑이 있고, 사랑 뒤에는 열정이 있고, 다시금 그 뒤에는 어리석은 우리네 인간의 욕망 내지는 소망이 있다"고 설명했다. 그는 "우리는 위로와 축복과 치유가 필요한 안쓰러운 인간들"이라며 "독자와 소통하는 시, 감동이 있는 시를 쓰기 원하는 사람들은 외로움 없이, 그리움 없이, 실패 없이, 사랑 없이 시를 쓰려고 하면 안 된다"고 말했다.

— 《중도일보》, 한성일(부국장), 2014년 7월 18일

차 례

• 일러두기
한 연이 첫 번째 행에서 시작될 때는 > 로 표시합니다.

풀꽃 · 1

자세히 보아야
예쁘다

오래 보아야
사랑스럽다

너도 그렇다.

조금은 보랏빛으로 물들 때, 2005

풀꽃 · 2

이름을 알고 나면 이웃이 되고
색깔을 알고 나면 친구가 되고
모양까지 알고 나면 연인이 된다
아, 이것은 비밀.

황홀극치, 2012

풀꽃 · 3

기죽지 말고 살아봐
꽃 피워 봐
참 좋아.

세상을 껴안다, 2013

선물

하늘 아래 내가 받은
가장 커다란 선물은
오늘입니다

오늘 받은 선물 가운데서도
가장 아름다운 선물은
당신입니다

당신 나지막한 목소리와
웃는 얼굴, 콧노래 한 구절이면
한 아름 바다를 안은 듯한 기쁨이겠습니다.

새가 되어 꽃이 되어, 2007

아름다운 사람

아름다운 사람
눈을 둘 곳이 없다
바라볼 수도 없고
그렇다고 아니 바라볼 수도 없고
그저 눈이
부시기만 한 사람.

아버지를 찾습니다, 1987

행복

저녁 때
돌아갈 집이 있다는 것

힘들 때
마음속으로 생각할 사람 있다는 것

외로울 때
혼자서 부를 노래 있다는 것.

쪼끔은 보랏빛으로 물들 때, 2005

부탁

너무 멀리까지는 가지 말아라
사랑아

모습 보이는 곳까지만
목소리 들리는 곳까지만 가거라

돌아오는 길 잊을까 걱정이다
사랑아.

눈부신 속살, 2008

멀리서 빈다

어딘가 내가 모르는 곳에
보이지 않는 꽃처럼 웃고 있는
너 한 사람으로 하여 세상은
다시 한 번 눈부신 아침이 되고

어딘가 네가 모르는 곳에
보이지 않는 풀잎처럼 숨 쉬고 있는
나 한 사람으로 하여 세상은
다시 한 번 고요한 저녁이 온다

가을이다, 부디 아프지 마라.

시인들 나라, 2010

시 · 1

마당을 쓸었습니다
지구 한 모퉁이가 깨끗해졌습니다

꽃 한 송이 피었습니다
지구 한 모퉁이가 아름다워졌습니다

마음속에 시 하나 싹텄습니다
지구 한 모퉁이가 밝아졌습니다

나는 지금 그대를 사랑합니다
지구 한 모퉁이가 더욱 깨끗해지고
아름다워졌습니다.

훔쳐보는 얼굴이 더 아름답다, 1991

시 · 2

그냥 줍는 것이다

길거리나 사람들 사이에
버려진 채 빛나는
마음의 보석들.

꽃이 되어 새가 되어, 2007

황홀

시시각각 물이 말라 졸아붙는 웅덩이를
본 일이 있을 것이다
오직 웅덩이를 천국으로 알고 살아가던
송사리 몇 마리
파닥파닥 튀어 오르다가 뒤채다가
끝내는 잠잠해지는 몸짓
송사리 엷은 비늘에 어리어 파랗게
무지개를 세우던 햇빛, 그 황홀.

황홀극치, 2012

꽃 피는 전화

살아서 숨 쉬는 사람인
것만으로도 좋아요
아믄, 아믄요
그냥 거기 계신 것만으로도 참 좋아요
그러엄, 그러믄요
오늘은 전화를 다 주셨군요
배꽃 필 때 배꽃 보러
멀리 한 번 길 떠나겠습니다.

눈부신 속살, 2008

꽃이 되어 새가 되어

지고 가기 힘겨운 슬픔 있거든
꽃들에게 맡기고

부리기도 버거운 아픔 있거든
새들에게 맡긴다

날마다 하루해는 사람들을 비껴서
강물 되어 저만큼 멀어지지만

들판 가득 꽃들은 피어서 붉고
하늘가로 스치는 새들도 본다.

꽃이 되어 새가 되어, 2007

개양귀비

생각은 언제나 빠르고
각성은 언제나 느려

그렇게 하루나 이틀
가슴에 핏물이 고여

흔들리는 마음 자주
너에게 들키고

너에게로 향하는 눈빛 자주
사람들한테도 들킨다.

별이 있었네, 2011

27

사는 법

그리운 날은 그림을 그리고
쓸쓸한 날은 음악을 들었다

그리고도 남는 날은
너를 생각해야만 했다.

너를 보았다, 2012

이 가을에

아직도 너를
사랑해서 슬프다.

세상을 껴안다, 2013

산책

백합꽃 향기 너무 진하여 저녁때
대문이 절로 열렸네.

세상을 껴안다, 2013

섬에서

그대, 오늘

볼 때마다 새롭고
만날 때마다 반갑고
생각날 때마다 사랑스런
그런 사람이었으면 좋겠습니다

풍경이 그러하듯이
풀잎이 그렇고
나무가 그러하듯이.

시인들 나라, 2010

선종

피
한 방울
놓쳐버린 바다

울며
떠난 고래는
돌아오지 않았다

다만 노을이 붉었다.

시인들 나라, 2010

생명

누군가 죽어서
밥이다

더 많이 죽어서
반찬이다

잘 살아야겠다.

황홀극치, 2012

명멸

하늘에서 별 하나 사라졌다
성냥개비 하나 타오를 만큼
짧은 시간의 명멸明滅

사람들 꿈꾸며 바라보던 그 별이다
아이들도 바라보며 노래하던 그 별이다

누구도 슬퍼하지 않았다
울지 않았다
다만 몇 사람 시무룩히
고개 숙였다 들었을 뿐이다.

눈부신 속살, 2008

황홀극치

황홀, 눈부심
좋아서 어쩔 줄 몰라 함
좋아서 까무러칠 것 같음
어쨌든 좋아서 죽겠음

해 뜨는 것이 황홀이고
해 지는 것이 황홀이고
새 우는 것 꽃 피는 것 황홀이고
강물이 꼬리를 흔들며 바다에
이르는 것 황홀이다

그렇지, 무엇보다
바다 울렁임, 일파만파, 그곳의 노을,
빠져 죽어버리고 싶은 충동이 황홀이다

아니다, 내 앞에
웃고 있는 네가 황홀, 황홀의 극치다.

도대체 너는 어디서 온 거냐?
어떻게 온 거냐?

왜 온 거냐?

천 년 전 약속이나 이루려는 듯.

황홀극치, 2012

사랑은 언제나 서툴다

서툴지 않은 사랑은 이미
사랑이 아니다
어제 보고 오늘 보아도
서툴고 새로운 너의 얼굴

낯설지 않은 사랑은 이미
사랑이 아니다
금방 듣고 또 들어도
낯설고 새로운 너의 목소리

어디서 이 사람을 보았던가……
이 목소리 들었던가……
서툰 것만이 사랑이다
낯선 것만이 사랑이다

오늘도 너는 내 앞에서
다시 한 번 태어나고
오늘도 나는 네 앞에서
다시 한 번 죽는다.

별이 있었네, 2011

눈부신 속살

담장 위에 호박고지 가을볕 좋다
짜랑짜랑 소리 날듯 가을볕 좋다
주인 잠시 집 비우고 외출한 사이
집 지키는 호박고지 새하얀 속살

눈부신 그 속살에
축복 있으라.

눈부신 속살, 2008

그날 이후

병원에 다녀 온 뒤 몸이 더 작아졌고
직장을 그만 둔 뒤 마음이 더 작아졌다

날마다 집에서만 지내다가
가끔은 아내 따라 시장에도 간다

아내가 생선을 사면 그것을 들고 다니고
아내가 잔치국수를 먹자 그러면 잔치국수를 먹는다

잔치국수 값은 2천 5백 원
오늘은 이것으로 배가 부르다.

눈부신 속살, 2008

몽당연필

초등학교 선생할 때
아이들 버린 몽당연필들
주워다 모은 게 한 필통 가득이다

상처 입고 망가지고
닳아질 대로 닳아진 키 작은 녀석들
글을 쓸 때마다 곱게 다듬어
볼펜 깍지에 끼워서 쓰곤 한다

무슨 궁상이냐고
무슨 두시럭이냐고 번번이
핀잔을 해대는 아내

아내도 나에겐 하나의 몽당연필이다
많이 닳아지고 망가졌지만
아직은 쓸모가 남아있는 몽당연필이다

아내 눈에 나도 하나의
몽당연필쯤으로 보여 졌으면
싶은 날이 있다.

눈부신 속살, 2008

40

너무 그러지 마시어요

너무 그러지 마시어요. 너무 섭섭하게 그러지 마시어요. 하나님, 저에게가 아니에요. 저의 아내 되는 여자에게 그렇게 하지 말아달라는 말씀이에요. 이 여자는 젊어서부터 병과 더불어 약과 더불어 산 여자예요. 세상에 대한 꿈도 없고 그 어떤 사람보다도 죄를 안 만든 여자예요. 신장에 구두도 많지 않은 여자구요. 장롱에 비싸고 좋은 옷도 여러 벌 가지지 못한 여자예요. 한 남자의 아내로서 그림자로 살았고 두 아이의 엄마로서 울면서 기도하는 능력밖엔 없는 여자이지요. 자기 이름으로 꽃밭 한 평, 채전밭 한 귀퉁이 가지지 못한 여자예요. 남편 되는 사람이 운전조차 할 줄 모르는 쑥맥이라서 언제나 버스만 타고 다닌 여자예요. 돈을 아끼느라 꽤나 먼 시장 길도 걸어다니고 싸구려 미장원에만 골라 다닌 여자예요. 너무 그러지 마시어요. 가난한 자의 기도를 잘 들어 응답해주시는 하나님, 저의 아내 되는 사람에게 너무 섭섭하게 그러지 마시어요.

눈부신 속살, 2008

울던 자리

여기가 셋이서 울던 자리예요
저기도 셋이서 울던 자리예요
그리고 저기는 주저앉아
기도하던 자리고요

병원 로비에서
복도에서
의자 위에서
그냥 맨바닥 위에서

준비 안 된 가족과의 헤어짐이
너무나도 힘겨워서
가장의 죽음 앞에 한꺼번에 무너져서

여러 날 그들은
비를 맞아 날 수 없는
세 마리의 산비둘기였을 것이다.

새가 되어 꽃이 되어, 2007

희망

날이 개면 시장에 가리라
새로 산 자전거를 타고
힘들여 페달을 비비며

될수록 소로길을 찾아서
개울길을 따라서
흐드러진 코스모스 꽃들
새로 피어나는 과꽃들 보며 가야지

아는 사람을 만나면 자전거에서 내려
악수를 청하며 인사를 할 것이다
기분이 좋아지면 휘파람이라도 불 것이다

어느 집 담장 위엔가
넝쿨콩도 올라와 열렸네
석류도 바깥세상이 궁금한지
고개 내밀고 얼굴 붉혔네

시장에 가서는
아내가 부탁한 반찬거리를 사리라
생선도 사고 채소도 사 가지고 오리라.

눈부신 속살, 2008

시간

누군가 한 사람 창가에 앉아
울먹이고 있다
햇빛이 스러지기 전에 떠나야 한다고
한 번 가선 돌아올 수 없는 길을
가야만 한다고
그곳은 아주 먼 곳이라고
조그만 소리로 속삭이고 있다
잠시만 더 나와 함께 여기
머물다 갈 수는 없나요?
손이라도 잡아주고 싶어 손을 내밀었을 때
이미 그의 손은 보이지 않았다.

눈부신 속살, 2008

먼 곳

어려서 외할머니와 둘이
오막살이집에서 살 때
자주 외할머니와 뒷동산에 올라
먼 곳을 바라보곤 했다

가을날 같은 때 군청색 굼실굼실
물결쳐간 산봉우리들 너머
외할머니도 먼 곳을 바라보고
나도 먼 곳을 바라보고 있었다

외할머니가 바라본 먼 곳이
어떤 것인지는 모른다
그러나 나는 마음속으로 아라비아사막이거나
스위스 같은 곳을 먼 곳이라고 꿈꾸곤 했다

그 뒤로 나는 먼 곳을 많이 다녀보았다
여러 날 먼 곳을 서성이는 사람이 되기도 했다
지금은 또 그 먼 곳에서 살고 있다

생각해 보니 외할머니와 살던

오막살이집이 먼 곳이고
외할머니와 함께 올라 먼 곳을 바라보던
뒷동산이 먼 곳이었다.

시인들 나라, 2010

뒤를 돌아보며

가다가, 바람보다 빨리
가다가 문득 뒤를 바라본다
발밑에 붉은 꽃
다만 이름을 버리고 붉은 꽃

가다가, 바람보다 먼저
가다가 돌아서서 바라본다
안개에 싸인 산
산에 묻힌 또 새소리

아, 니들이 나를 불렀구나
나를 불러 세웠구나

나보다 더 빠르게 간 그는
지금 어디쯤 멈춰 서서
뒤를 돌아보며 내가 오기를
기다리고 있는 걸까?

눈부신 속살, 2008

좋은 약

큰 병 얻어 중환자실에 널부러져 있을 때
아버지 절룩거리는 두 다리로 지팡이 짚고
어렵사리 면회 오시어
한 말씀, 하시었다

애야, 너는 어려서부터 몸은 약했지만
독한 아이였다
네 독한 마음으로 부디 병을 이기고 나오너라
세상은 아직도 징글징글하도록 좋은 곳이란다

아버지 말씀이 약이 되었다
두 번째 말씀이 더욱
좋은 약이 되었다.

눈부신 속살, 2008

개처럼

아침 밥상에 모처럼
익힌 꽃게가 한 마리 통째로 올라와 있었다
꽃게가 담긴 접시를 들고 식탁의
구석진 자리 의자에 가 앉았다
왜 귀퉁이에 들어가 앉고 그래요?
응, 어렸을 때부터 맛있는 것이 있으면
구석진 곳에 가서 먹었거든
개처럼?
비유가 좀 그렇다!
우리는 마주 보며 모처럼 크게 웃었다.

황홀극치, 2012

나무를 위한 예의

나무한테 찡그린 얼굴로 인사하지 마세요
나무한테 화낸 목소리로 말을 걸지 마세요
나무는 꾸중들을 일을 하나도 하지 않았답니다
나무는 화낼만한 일을 조금도 하지 않았답니다

나무네 가족의 가훈은 '정직과 실천'입니다
그리고 '기다림'이기도 합니다
봄이 되면 어김없이 싹을 내밀고 꽃을 피우고 또 열매 맺어 가
을을 맞고
겨울이면 옷을 벗어버린 채 서서 봄을 기다릴 따름이지요

나무의 집은 하늘이고 땅이에요
그건 나무의 어머니 어머니, 어머니 때부터의 기인 역사이지요
그 무엇도 욕심껏 가지는 일이 없고 모아두는 일도 없답니다
있는 것만큼 고마워하고 받은 만큼 덜어낼 줄 안답니다

나무한테 속상한 얼굴을 보여주지 마세요
나무한테 어두운 목소리로 투정하지 마세요
그건 나무한테 하는 예의가 아니랍니다.

눈부신 속살, 2008

여름의 일

골목길에서 만난
낯선 아이한테서
인사를 받았다

안녕!

기분이 좋아진 나는
하늘에게 구름에게
지나는 바람에게 울타리 꽃에게
인사를 한다

안녕!

문간 밖에 나와
쭈그리고 앉아있는
순한 얼굴의 개에게도
인사를 한다

너도 안녕!

황홀극치, 2012

아내 · 2

이 지푸라기 머리칼을
언제 또 쓰다듬어주나?

짧은 속눈썹의 이 여자 고요한 눈을
언제 또 들여다보나?

작아서 귀여운 코
조금쯤 위로 들려 올라간 입술

이 지푸라기 머리칼을 가진 여자를
어디 가서 다시 만나나?

눈부신 속살, 2008

완성

집에 밥이 있어도 나는
아내 없으면 밥을 먹지 않는 사람

내가 데려다 주지 않으면 아내는
서울 딸네 집에도 가지 못하는 사람

우리는 이렇게 함께 살면서
반편이 인간으로 완성되고 말았다.

시인들 나라, 2010

아내 · 1

새각시
새각시 때
당신에게서는
이름 모를
풀꽃 향기가
번지곤 했습니다
그럴 때마다 나는
당신도 모르게
눈을 감곤 했지요

그건 아직도
그렇습니다.

쪼끔은 보랏빛으로 물들 때, 2005

서울, 하이에나

결코 사냥하지 않는다

먹다 남긴 고기를 훔치고
썩은 고기도 마다하지 않는다
어찌 고기를 훔치는 발톱이
고독을 안다 하겠는가?
썩은 고기를 찢는 이빨이
슬픔을 어찌 안다고 말하겠는가?

딸아, 사냥하기 싫거든
차라리 서울서
굶다가 죽어라.

조금은 보랏빛으로 물들 때, 2005

강물과 나는

맑은 날
강가에 나아가
바가지로
강물에 비친
하늘 한 자락
떠올렸습니다

물고기 몇 마리
흰 구름 한 송이
새소리도 몇 움큼
건져 올렸습니다

한참동안 그것들을
가지고 돌아오다가
생각해보니
아무래도 믿음이
서지 않았습니다

이것들을
기르다가 공연스레

죽이기라도 하면
어떻게 하나

나는 걸음을 돌려
다시 강가로 나아가
그것들을 강물에
풀어 넣었습니다

물고기와 흰 구름과
새소리 모두
강물에게
돌려주었습니다

그날부터
강물과 나는
친구가 되었습니다.

슬픔에 손목잡혀, 2000

바다에서 오는 버스

아침에
산 너머서 오는 버스
비린내난다
물어보나마나 바닷가
마을에서 오는 버스다

바다 냄새 가득 싣고 오는 버스
부푼 바다 물빛
바다에서 떠오르는 해
풍선처럼 싣고 오는 버스

저녁때
산 너머로 가는 버스
땀 냄새난다
물어보나마나 바닷가
마을로 가는 버스다

하루 종일 장터에 나가
지친 아주머니 할머니들
두런두런 낮은 말소리 싣고

지는 해 붉은 노을 속으로
돌아가는 버스다.

산촌엽서, 2002

돌멩이

흐르는 맑은 물결 속에 잠겨
보일 듯 말 듯 일렁이는
얼룩무늬 돌멩이 하나
돌아가는 길에 가져가야지
집어 올려 바위 위에
놓아두고 잠시
다른 볼일 보고 돌아와
찾으려니 도무지
어느 자리에 두었는지
찾을 수가 없다

혹시 그 돌멩이, 나 아니었을까?

슬픔에 손목잡혀, 2000

미소 사이로

벚꽃 지다

슬픈 돌 부처님
모스라진
미소 사이로

누가 꽃잎이
눈처럼 날린다
지껄이느냐?

누가 이것이 마지막이다
영생토록 마지막이다
울먹이느냐?

너무 오래 쥐고 있어
팔이 아픈 아이가
풍선 줄을 놓아버리듯

나뭇가지가 힘겹게
잡고 있던 꽃잎을 그만

바람결에 주어버리다.

슬픔에 손목잡혀, 2000

지상에서의 며칠

때 절은 종이 창문 흐릿한 달빛 한줌이었다가
바람 부는 들판의 키 큰 미루나무 잔가지 흔드는 바람이었다가
차마 소낙비일 수 있었을까? 겨우
옷자락이나 머리칼 적시는 이슬비였다가
기약 없이 찾아든 바닷가 민박집 문지방까지 밀려와
칭얼대는 파도 소리였다가
누군들 안 그러랴
잠시 머물고 떠나는 지상에서의 며칠, 이런 저런 일들
좋았노라 슬펐노라 고달팠노라
그대 만나 잠시 가슴 부풀고 설렜었지
그리고는 오래고 긴 적막과 애달픔과 기다림이 거기 있었지
가는 여름 새끼손톱에 스며든 봉숭아 빠알간 물감이었다가
잘려 나간 손톱조각에 어른대는 첫눈이었다가
눈물이 고여서였을까? 눈썹
깜짝이다가 눈썹 두어 번 깜짝이다가…….

물고기를 만나다, 2006

사는 일

1
오늘도 하루 잘 살았다
굽은 길은 굽게 가고
곧은 길은 곧게 가고

막판에는 나를 싣고
가기로 되어 있는 차가
제 시간보다 일찍 떠나는 바람에
걷지 않아도 좋은 길을 두어 시간
땀 흘리며 걷기도 했다

그러나 그것도 나쁘지 아니했다
걷지 않아도 좋은 길을 걸었으므로
만나지 못했을 뻔했던 싱그러운
바람도 만나고 수풀 사이
빨갛게 익은 멍석딸기도 만나고
해 저문 개울가 고기비늘 찍으러 온 물총새
물총새, 쪽빛 날갯짓도 보았으므로

이제 날 저물려 한다

길바닥을 떠돌던 바람은 잠잠해지고
새들도 머리를 숲으로 돌렸다
오늘도 하루 나는 이렇게
잘 살았다.

2
세상에 나를 던져보기로 한다
한 시간이나 두 시간

퇴근 버스를 놓친 날 아예
다음 차 기다리는 일을 포기해버리고
길바닥에 나를 놓아버리기로 한다

누가 나를 주워가 줄 것인가?
만약 주워가 준다면 얼마나 내가
나의 길을 줄였을 때
주워가 줄 것인가?

한 시간이나 두 시간
시험 삼아 세상 한복판에

나를 던져보기로 한다

나는 달리는 차들이 비껴가는
길바닥의 작은 돌멩이.

슬픔에 손목잡혀, 2000

하늘의 서쪽

하늘이 개짐을 풀어헤쳤나

비린내 두어 마지기
질펀하게 깔고 앉아
속눈썹 깜짝여 곁눈질이나 하고 있는
하늘의 서쪽

은근짜로 아주
은근짜로

새끼 밴 검정염소
울음소리가 사라지고
절름발이 소금장수 다리 절며 돌아오던
구불텅한 논둑길이 사라지고

이젠 네가 사라져야 하고
내가 사라져줘야 할 차례다,
지금은 하늘과 땅이
살을 섞으며 진저리칠 때.

풀잎 속 작은 길, 1996

멀리까지 보이는 날

숨을 들이쉰다
초록의 들판 끝 미루나무
한 그루가 끌려들어온다

숨을 더욱 깊이 들이쉰다
미루나무 잎새에 반짝이는
햇빛이 들어오고 사르락 사르락
작은 바다 물결 소리까지
끌려들어온다

숨을 내어쉰다
뼈꾸기 울음소리
꾀꼬리 울음소리가
쓸려나아간다

숨을 더욱 멀리 내어쉰다
마을 하나 비 맞아 우거진
봉숭아꽃나무 수풀까지
쓸려 나아가고 조그만 산 하나
우뚝 다가와 선다

>
　산 위에 두둥실 떠 있는
　흰 구름, 저 녀석
　조금 전까지만 해도 내 몸 안에서
　뛰어 놀던 바로 그 숨결이다.

풀잎 속 작은 길, 1996

안개가 짙은 들

안개가 짙은들 산까지 지울 수야
어둠이 깊은들 오는 아침까지 막을 수야
안개와 어둠 속을 꿰뚫는 물소리, 새소리,
비바람 설친들 피는 꽃까지 막을 수야.

굴뚝각시, 1985

저녁 일경一景

불이 켜지고 있었다

장독대 곁에 과꽃이며 분꽃
두어 송이 던져놓고

부르지 않았음에도
방안까지 들어와 흐느끼는
풀벌레 울음

창밖에 서성대는 빗방울 두어 날
우산 씌워 세워놓고

불이 켜지고 있었다

그리고 사기 밥그릇에
숟가락 부딪는 소리
드문드문 흩어졌다.

슬픔에 손목잡혀, 2000

안부

오래
보고 싶었다

오래
만나지 못했다

잘 있노라니
그것만 고마웠다.

쪼금은 보랏빛으로 물들 때, 2005

기쁨

난초 화분의 휘어진
이파리 하나가
허공에 몸을 기댄다

허공도 따라서 휘어지면서
난초 이파리를 살그머니
보듬어 안는다

그들 사이에 사람인 내가 모르는
잔잔한 기쁨의
강물이 흐른다.

풀잎 속 작은 길, 1996

무인도

바다에 가서 며칠
섬을 보고 왔더니
아내가 섬이 되어 있었다
섬 가운데서도
무인도가 되어 있었다.

산촌엽서, 2002

시인학교

남의 외로움 사 줄 생각은 하지 않고
제 외로움만 사 달라 조른다
모두가 외로움의 보따리장수.

산촌엽서, 2002

제비꽃

그대 떠난 자리에
나 혼자 남아
쓸쓸한 날
제비꽃이 피었습니다
다른 날보다 더 예쁘게
피었습니다.

추억이 손짓하거든, 1989

서정시인

다른 아이들 모두 서커스 구경 갈 때
혼자 남아 집을 보는 아이처럼
모로 돌아서서 까치집을 바라보는
늙은 화가처럼
신도들한테 따돌림 당한
시골 목사처럼.

산촌엽서, 2002

유리창

이제
떠나갈 것은 떠나게 하고
남을 것은 남게 하자

혼자서 맞이하는 저녁과
혼자서 바라보는 들판을
두려워하지 말자

아, 그렇다
할 수만 있다면
나뭇잎 떨어진 빈 나뭇가지에
까마귀 한 마리라도 불러
가슴속에 기르자

이제
지나온 그림자를 지우지 못해 안달하지도 말고
다가올 날의 해짧음을 아쉬워하지도 말자.

추억이 손짓하거든, 1989

꽃잎

활짝 핀 꽃나무 아래서
우리는 만나서 웃었다

눈이 꽃잎이었고
이마가 꽃잎이었고
입술이 꽃잎이었다

우리는 술을 마셨다
눈물을 글썽이기도 했다

사진을 찍고
그날 그렇게 우리는
헤어졌다

돌아와 사진을 빼보니
꽃잎만 찍혀 있었다.

조금은 보랏빛으로 물들 때, 2005

한밤중에

한밤중에
까닭 없이
잠이 깨었다

우연히 방안의
화분에 눈길이 갔다

바짝 말라 있는 화분

어, 너였구나
네가 목이 말라 나를
깨웠구나.

풀잎 속 작은 길, 1996

응?

초록의 들판에
조그만 소년이
가볍게 가볍게
덩치 큰 소를 끌고 가듯이

귀여운 어린 아기가 끌고 가는
착하신 엄마와 아빠

어여쁜 아이들이 끌고 가는
정다운 학교와 선생님

아가야, 지구를 통째로
너에게 줄 테니
잠들 때까지 망가뜨리지 말고
잘 가지고 놀거라, 응?

풀잎 속 작은 길, 1996

딸에게

1

날 어둡고 추운데 주머니는 가볍고
배고파 낯선 밥집 드르륵 문을 열 때
얼굴에 후끈한 밥내 어찌 아니 목메랴

혼자서 음식 청해 밥사발 마주하고
엄마 생각 집 생각에 수저조차 못 들겠지
장하다 어린 네 모습 눈감고도 보이누나.

2

내 사랑 내 딸이여 내 자랑 내 딸이여
오늘도 네가 있어 마음속 꽃밭이다
오! 네가 없었다 하면 어쨌을까 싶단다

술 취해 비틀비틀 거리를 거닐 때도
네 생각 떠올리면 정신이 번쩍 든다
고맙다 애비는 지연紙鳶, 너의 끈에 매달린.

이 세상 모든 사랑, 2005

바람에게 묻는다

바람에게 묻는다
지금 그곳에는 여전히
꽃이 피었던가 달이 떴던가

바람에게 듣는다
내 그리운 사람 못 잊을 사람
아직도 나를 기다려
그곳에서 서성이고 있던가

내게 불러줬던 노래
아직도 혼자 부르며
울고 있던가.

지는 해가 눈부시다, 1994

에라

1
첫눈 오는 날
빨간색 쉐타를 사 가지고
다시 술 마시러 오마
술집 여자 아이와
손가락 걸어 약속을 한다
에라, 이 철딱서니 없는 사람아
처자식 두고
잘 먹이지도 못하면서.

2
이담에
돈 많이 벌어 가지고
다시 올게
비장한 각오로
돈을 벌러 집을 나서는
아버지가 어린 딸에게
그러듯
술집을 나서며
술집 여자 아이한테

그런다

섭섭해서 그런다

에라, 이 넋 나간 사람아

지금이 어느 세상이라고.

아버지를 찾습니다, 1987

촉

무심히 지나치는
골목길

두껍고 단단한
아스팔트 각질을 비집고
솟아오르는
새싹의 촉을 본다

얼랄라
저 여리고
부드러운 것이!

한 개의 촉 끝에
지구를 들어올리는
힘이 숨어 있다.

풀잎 속 작은 길, 1996

오늘도 그대는 멀리 있다

전화 걸면 날마다
어디 있냐고 무엇하냐고
누구와 있냐고 또 별일 없냐고
밥은 거르지 않았는지 잠은 설치지 않았는지
묻고 또 묻는다

하기는 아침에 일어나
햇빛이 부신 걸로 보아
밤 사이 별일 없긴 없었는가 보다

오늘도 그대는 멀리 있다

이제 지구 전체가 그대 몸이고 맘이다.

풀잎 속 작은 길, 1996

아름다운 짐승

젊었을 때는 몰랐지
어렸을 때는 더욱 몰랐지
아내가 내 아이를 가졌을 때도
그게 얼마나 훌륭한 일인지 아름다운 일인지
모른 채 지났지
사는 일이 그냥 바쁘고 힘겨워서
뒤를 돌아볼 겨를이 없고 옆을 두리번거릴 짬이 없었지
이제 나이 들어 모자 하나 빌려 쓰고 어정어정
길거리 떠돌 때
모처럼 만나는 애기 밴 여자
커다란 항아리 하나 엎어서 안고 있는 젊은 여자
살아 있는 한 사람이 살아 있는 또 한 사람을
그 뱃속에 품고 있다니!
고마운지고 거룩한지고
꽃봉오리 물고 있는 어느 꽃나무가 이보다도 더 눈물겨우랴
캥거루는 다 큰 새끼도 제 몸 속의 주머니에 넣어 가지고 다니며
오래도록 젖을 물려 키운다 그랬지
그렇다면 캥거루는 사람보다 더
아름다운 짐승 아니겠나!
캥거루란 호주의 원주민 말로 난 몰라요 란 뜻이랬지

캥거루 캥거루, 난 몰라요
아직도 난 캥거루다.

물고기와 만나다, 2006

별리

우리 다시는 만나지 못하리

그대 꽃이 되고 풀이 되고
나무가 되어
내 앞에 있는다 해도 차마
그대 눈치채지 못하고

나 또한 구름 되고 바람 되고
천둥이 되어
그대 옆을 흐른다 해도 차마
나 알아보지 못하고

눈물은 번져
조그만 새암을 만든다
지구라는 별에서의
마지막 만남과 헤어짐

우리 다시 사람으로는 만나지 못하리.

산촌엽서, 2002

사랑

목말라 물을 좀 마셨으면 좋겠다고
속으로 생각하고 있을 때
유리컵에 맑은 물 가득 담아
잘람잘람 내 앞으로 가지고 오는

창 밖의 머언 풍경에 눈길을 주며
그리움의 물결에 몸을 맡기고 있을 때
그 물결의 흐름을 느끼고 눈물
글썽글썽한 눈으로 나를 바라보아주는

어떻게 알았을까, 그는
한 마디 말씀도 이루지 아니했고
한 줌의 눈짓조차 건네지 않았음에도.

슬픔에 손목잡혀, 2000

붓꽃

슬픔의 길은
명주실 가닥처럼이나
가늘고 길다

때로 산을 넘고
강을 따라가지만

슬픔의 손은
유리잔처럼이나
차고도 맑다

자주 풀숲에서 서성이고
강물 속으로 몸을 풀지만

슬픔에 손목 잡혀 멀리
멀리까지 갔다가
돌아온 그대

오늘은 문득 하늘
쪽빛 입술 붓꽃 되어

떨고 있음을 본다.

슬픔에 손목잡혀, 2000

악수

가을 햇살은
모든 것들을 익어가게 한다
그 품안에 들면 산이며 들
강물이며 하다 못해 곡식이며 과일
곤충 한 마리 물고기 한 마리까지
익어가지 않고서는 배겨나지를 못한다

그리하여 마을의 집들이며 담장
마을로 뚫린 꼬불길조차
마악 빵 기계에서 구워낸 빵처럼
말랑말랑하고 따스하다

몇 해 만인가 골목길에서 마주친
동갑내기 친구
나이보다 늙어 보이는 얼굴
나는 친구에게
늙었다는 표현을 삼가기로 한다

이 사람 그 동안 아주 잘 익었군
무슨 말을 하는지 몰라

잠시 어리둥절해진 친구의 손을 잡는다
그의 손아귀가 무척 든든하다
역시 거칠지만 잘 구워진 빵이다.

슬픔에 손목잡혀, 2000

화이트 크리스마스

크리스마스이브
눈 내리는 늦은 밤거리에 서서
집에서 혼자 기다리고 있는
늙은 아내를 생각한다

시시하다 그럴 테지만
밤늦도록 불을 켜놓고 손님을
기다리는 빵 가게에 들러
아내가 좋아하는 빵을 몇 가지
골라 사들고 서서
한사코 세워주지 않는
택시를 기다리며
이십 년하고서도 육 년 동안
함께 산 동지를 생각한다

아내는 그 동안 네 번
수술을 했고
나는 한 번 수술을 했다
그렇다, 아내는 네 번씩
깨진 항아리이고 나는

한 번 깨진 항아리이다

눈은 땅에 내리자마자
녹아 물이 되고 만다
목덜미에 내려 섬뜩섬뜩한
혓바닥을 들이밀기도 한다

화이트 크리스마스
크리스마스이브 늦은 밤거리에서
한 번 깨진 항아리가
네 번 깨진 항아리를 생각하며
택시를 기다리고 또
기다린다.

슬픔에 손목잡혀, 2000

꽃 피우는 나무

좋은 경치 보았을 때
저 경치 못 보고 죽었다면
어찌했을까 걱정했고

좋은 음악 들었을 때
저 음악 못 듣고 세상 떴다면
어찌했을까 생각했지요

당신, 내게는 참 좋은 사람
만나지 못하고 이 세상 흘러갔다면
그 안타까움 어찌했을까요……

당신 앞에서는
나도 온몸이 근지러워
꽃 피우는 나무

지금 내 앞에 당신 마주 있고
당신과 나 사이 가득
음악의 강물이 일렁입니다

\>

당신 등 뒤로 썰렁한
잡목 숲도 이런 때는 참
아름다운 그림 나라입니다.

산촌엽서, 2002

뒷모습

뒷모습이 어여쁜
사람이 참으로
아름다운 사람이다

자기의 눈으로는 결코
확인이 되지 않는 뒷모습
오로지 타인에게로만 열린
또 하나의 표정

뒷모습은
고칠 수 없다
거짓말을 할 줄 모른다

물소리에게도 뒷모습이 있을까?
시드는 노루발풀꽃, 솔바람 소리,
찌르레기 울음 소리에게도
뒷모습은 있을까?

저기 저
가문비나무 윤노리나무 사이

산길을 내려가는
야윈 슬픔의 어깨가
희고도 푸르다.

슬픔에 손목잡혀, 2000

귀소

누구나 오래
안 잊히는 것 있다

낮은 처마 밑
떠나지 못하고 서성대던
생솔가지 태운 냉갈내*며
밥 자치는 냄새

누구나 한번쯤
울고 싶은 때 있다

먹물 와락
엎지른 창문에
켜지던 등불
두세두세 이야기 소리

마음 먼저
멀리 떠나보내고
몸만 눕힌 곳이 끝내
집이 되곤 하였다.

* 냉갈내 : 식물성 연료를 태우는 아궁이에서 나는 냄새.

산촌엽서, 2002

오늘의 약속

덩치 큰 이야기, 무거운 이야기는 하지 않기로 해요
조그만 이야기, 가벼운 이야기만 하기로 해요
아침에 일어나 낯선 새 한 마리가 날아가는 것을 보았다든지
길을 가다 담장 너머 아이들 떠들며 노는 소리가 들려 잠시 발
을 멈췄다든지
매미 소리가 하늘 속으로 강물을 만들며 흘러가는 것을 문득
느꼈다든지
그런 이야기들만 하기로 해요

남의 이야기, 세상 이야기는 하지 않기로 해요
우리들의 이야기, 서로의 이야기만 하기로 해요
지나간 밤 쉽게 잠이 오지 않아 애를 먹었다든지
하루 종일 보고픈 마음이 떠나지 않아 가슴이 뻐근했다든지
모처럼 갠 밤하늘 사이로 별 하나 찾아내어 숨겨놓은 소원
을 빌었다든지
그런 이야기들만 하기로 해요

실은 우리들 이야기만 하기에도 시간이 많지 않은 걸 우리는
잘 알아요
그래요, 우리 멀리 떨어져 살면서도

오래 헤어져 살면서도 스스로
행복해지기로 해요
그게 오늘의 약속이에요.

이 세상 모든 사랑, 2005

눈부신 세상

멀리서 보면 때로 세상은
조그맣고 사랑스럽다
따뜻하기까지 하다
나는 손을 들어
세상의 머리를 쓰다듬어준다
자다가 깨어난 아이처럼
세상은 배시시 눈을 뜨고
나를 향해 웃음 지어 보인다

세상도 눈이 부신가 보다.

슬픔에 손목잡혀, 2000

외할머니

시방도 기다리고 계실 것이다,
외할머니는.

손자들이
오나오나 해서
흰 옷 입고 흰 버선 신고

조마조마
고목나무 아래
오두막집에서.

손자들이 오면 주려고
물렁감도 따다 놓으시고
상수리묵도 쑤어 두시고

오나오나 혹시나 해서
고갯마루에 올라
들길을 보며.

조마조마 혼자서

기다리고 계실 것이다,

시방도 언덕에 서서만 계실 것이다,
흰 옷 입은 외할머니는.

외할머니, 1984

대숲 아래서

1
바람은 구름을 몰고
구름은 생각을 몰고
다시 생각은 대숲을 몰고
대숲 아래 내 마음은 낙엽을 몬다.

2
밤새도록 댓잎에 별빛 어리듯
그슬린 등피에는 네 얼굴이 어리고
밤 깊어 대숲에는 후둑이다 가는 밤 소나기 소리.
그리고도 간간이 사운대다 가는 밤바람 소리.

3
어제는 보고 싶다 편지 쓰고
어젯밤 꿈엔 너를 만나 쓰러져 울었다.
자고 나니 눈두덩엔 메마른 눈물자죽,
문을 여니 산골엔 실비단 안개.

4
모두가 내 것만은 아닌 가을,

해 지는 서녘구름만이 내 차지다.
동구 밖에 떠드는 애들의
소리만이 내 차지다.
또한 동구 밖에서부터 피어오르는
밤안개만이 내 차지다.

하기는 모두가 내 것만은 아닌 것도 아닌
이 가을,
저녁밥 일찍이 먹고
우물가에 산보 나온
달님만이 내 차지다.
물에 빠져 머리칼 헹구는
달님만이 내 차지다.

대숲 아래서, 1973

등 너머로 훔쳐 듣는 대숲바람 소리

등 너머로 훔쳐 듣는 남의 집 대숲바람 소리 속에는
밤 사이 내려와 놀던 초록별들의
퍼렇게 멍든 날갯죽지가 떨어져 있다.
어린 날 뒤울안에서
매 맞고 혼자 숨어 울던 눈물의 찌꺼기가
비칠비칠 아직도 거기
남아 빛나고 있다.

심청이네집 심청이
빌어먹으러 나가고
심봉사 혼자 앉아
날무처럼 끄들끄들 졸고 있는 툇마루 끝에
개다리소반 위 비인 상사발에
마음만 부자로 쌓여주던 그 햇살이
다시 눈 트고 있다, 다시 눈 트고 있다.
장승상네 참대밭의 우레 소리도
다시 무너져서 내게로 달려오고 있다.

등 너머로 훔쳐 듣는
남의 집 대숲바람 소리 속에는

내 어린 날 여름 냇가에서
손바닥 벌려 잡다 놓쳐버린
발가벗은 햇살의 그 반쪽이
앞질러 달려와서 기다리며
저 혼자 심심해 반짝이고 있다.
저 혼자 심심해 물구나무 서 보이고 있다.

대숲 아래서, 1973

어머니 치고 계신 행주치마는

어머니 치고 계신 행주치마는
하루 한 신들 마를 새 없어,
눈물에 한숨에
집 뒤란 솔밭에 스미는
초겨울 밤 솔바람 소리만치나
속절없이 속절없어……

봄 하루 허기진 보리밭 냄새와
쑥죽 먹고 짜는 남의 집 삯베의
짓가루 냄새와 그 비린내까지가
마를 줄 몰라, 마를 줄 몰라.

대구로 시집 간 딸의 얼굴이
서울서 실연하고 돌아와 울던 아들의 모습이
눈에 박혀 눈에 가시처럼 박혀
남아 있는 채,
남아 있는 채로……

이만큼 살았으면
기찬 일 아픈 일은 없으리라고

말하시는 어머니, 당신은
오늘도 울고 계시네요.
어쩌면 그렇게 웃고 계시네요.

대숲 아래서, 1973

우물터에서

그 동안 당신이 많이도 잊어먹은 것은
구름을 바라보는 서거픈 눈매.
눈 덮인 골짝에서
부서져 내리는 돌바람의 귀
푸들푸들 깃을 치는 눈[雪]의 육체.

그 동안 당신이 많이도 잊어먹은 것은
책 한 권 아무렇게나 손에 들고
저무는 언덕길로 멀어져 가던 뒷모습.
초가집 뒤울안에 곱게 쓸리는 대숲의 그늘.

오시구려, 오시구려,
그렇게 멀리서
억뚝억뚝 바라보며 서 있지만 말고
흰 구름이라도 하나 잡아타고
그 동안 많이도 잊어먹은 것들을 가지러
오시구려,
아직도 우물터가 그리운 사람아.

대숲 아래서, 1973

114

겨울 흰 구름

아직은 떠나갈 곳이
쬐끔은 남아 있을 듯 싶어,
아직은 떠나온 길목들이
많이는 그립게 생각날 듯 싶어,
초겨울 하늘 구름 바라 섰는 마음.

단발머리 시절엔
나 이담에 죽으면 꼭 흰 구름이 되어야지,
낱낱이 그늘 없는 흰 구름 되어
어디든 마음껏 떠 다녀야지,
그게 더도 말고 단 하나의 꿈이었어요.
그렇게 흰 구름이 좋았던 거예요.

허나, 이제 남의 아내 되어
무릎도 시리고 어깨도 아프다는 그대여.
어찌노?
이렇게 함께 서서 걸어도
그냥 섭섭한 우리는 흰 구름인 걸,
그냥 멀기만 한 그대는
안쓰러운 내 처녀, 겨울 흰 구름인 걸……

누님의 가을, 1977

노상에서

길을 가다가
눈이 이쁜 새각시라도 만나거든
눈설은 남의 아낙이라도 만나거든
그의 귀밑볼만 잠깐 훔쳐보고
한켠으로 비키어 서서
먼 눈으로 하늘의 구름이나 바라자.

길을 가다가
귀가 이쁜 이웃집 아낙을 만나거든
해 묵혀둔 미투리에
바지 저고리 꺼내 입은 맵시 그대로
길 한켠에 비키어 서서 뒷짐이나 지고
나 부끄리어 붉게 물든 가을산의
허리통이나 올려다보자.

눈썹이 이쁜 이웃의 아낙을 만나거든
너무 욕심 부리지 말고
한 번만 보고
두 번 또 보는 것은
조금씩 애껴두기로 하자.

대숲 아래서, 1973

삼월의 새

삼월에 우는 새는 새가 아닙니다.
나뭇가지 끝에 걸린
그것들은 나무의 열매들입니다.
이 가지 저 가지로 옮겨 앉으며
울 줄도 아는 열매들입니다.

시방 새들의 성대聲帶는
부글부글 햇살을 끓이고 있고
햇살은 새들의 몸뚱이에 닿자마자
이슬방울이 되어 퉁겨납니다.
새들의 울음소리에 하늘은 모음으로 짜개집니다.

보셔요,
우물터에 앉아 겨울 내복을 헹구는
누이의 눈을.
눈물 번지는 벌판에 타오르는 아지랑이
그 아지랑이 속을 솟아오르는 누이 눈 속의 종달새 한 마리
를……

삼월에 우는 새는 새가 아닙니다.

나뭇가지 끝에 걸린

올 줄도 알고 날 줄도 아는

그것들은 벌써

우리 마음속에 그려진 하나의 과일들입니다.

대숲 아래서, 1973

봄날에

사람아,
피어오르는 흰 구름 앞에 흰 구름 바라
가던 길 멈추고 요만큼
눈파리하고 서 있는 이것도 실은
네게로 가는 여러 길목의 한 주막쯤인 셈이요,

철쭉꽃 옆에 멍청히
철쭉꽃 바라 서 있는 이것도 실은
네게로 가는 여러 길 가운데
한 길이 아니겠는가?

마치,
철쭉꽃 눈에 눈물 고이도록
바라보고 있노라면
가슴에 철쭉꽃물이라도 배어 올 듯이,
흰 구름 비친 호숫물이라도 하나 고여 올 듯이,

사람아,
내가 너를 두고
꿈꾸는 이거, 눈물겨워하는 이거, 모두는

네게로 가는 여러 방법 가운데
한 방법쯤인 것이다.
숲 속의 한 샛길인 셈인 것이다.

누님의 가을, 1977

초승달

아무리 생각해도
다시는 더 만날 수 없는 너.
빗속에 마주 보며 울 수도 없는 너.

어디 갔다 이제야
너무 늦게 왔니?

흰 구름도 사위어지고
나뭇잎도 갈리고
그 신명나던 왕머구리 풍각쟁이들도
다 사라져 가고
마지막으로 눈이 내린 지금,

서슬 푸른 그대의
동저고릿바람
옷고름 그 아래
사향 냄새까지 묻혀 가지고
이쁜 은장돗날만
퍼렇게 베려 가지고

>

입도 코도 망가진 가시내야
눈썹만 시퍼렇게 길러 가진 가시내야.

대숲 아래서, 1973

빈손의 노래

1
가을에는 빈 뜨락을
거닐게 하소서.

맨발 벗은 구름 아래
괴벗은* 마음으로
주머니에 손을 찌르고 들길을 돌아와
끝내 빈손이게 하소서.

가을에는 혼자 몸져 앓아누워
담장 너머 성한 사람들 떠드는 소리
귀동냥해 듣게 하소서.

무너져 내린 꽃밭 귀퉁이
아직도 분명 불타고 있을 사르비아꽃 대궁이에
황량荒涼히 쌓이고 있을
이국의 햇볕이나
속맘으로 요량해 보게 하소서.

\>

2

들판이 자꾸 남루를
벗기 시작하는데,
나무들이 자꾸 그 부끄러운 곳을
드러내 보이기 시작하는데,

내 그대 위해 예비한 건
동산 위에 밤마다 솟는
저 임자 없는 달님뿐이다.
새로 바른 문풍지에 새어나오는
저 아슴한 불빛 한 초롱뿐이다.

누군가의 어깨가 어둠 속으로 사라져 가는데,
누군가의 발자국이 어둠 속에서 돌아오는데,

이 가을 다 가도록
그대 위해 예비한 건
가늘은 바람 하나에도 살아 소근대는
대숲의 저 작은 노래뿐이다.

\> 아침마다 산에 올라

혼자 듣다 돌아오는

키 큰 소나무

머리칼 젖은 송뢰뿐이다.

3

애당초 아무 것도

바라지 말았어야 했던 걸 모르고

너무 많은 걸 꿈꾸다가

너무 많은 걸 찾아다니다가

아무 것도 찾지 못하고 만

이제 또 가을.

문지방에 풀벌레 소리

다 미쳐 왔으니

염치없는 손으로

어느 들녘에 가을걷이하러 갈까?

허나, 더 늦기 전에

나도 들로 내려

드디어 낭자狼藉히 풀벌레 소리 강물 된 옆에
실개천 물소리 되어 따라 흐르다가
허리 부러진 햇살이나
주머니에 가득 담아가지고
한나절 흥얼흥얼 돌아올거나.

오는 길에 그래도
해가 남으면
산에 올라 들국화 몇 송이 꺾어 들고
저승의 바닷비린내 묻어오는
솔바람 소리나 두어 마지기 빌려다가
내 작은 뜨락에
내 작은 노래 시켜볼거나.

* 괴벗은 : '헐렁한, 풀어진 듯한'의 뜻.

대숲 아래서, 1973

126

배회

1
사랑하는 사람아, 너는 모를 것이다.
이렇게 멀리 떨어진 변방의 둘레를 돌면서
내가 얼마나 너를 생각하고 있는가를.

사랑하는 사람아, 너는 까마득 짐작도 못할 것이다.
겨울 저수지의 외곽길을 돌면서
맑은 물낯에 산을 한 채 비쳐보고
겨울 흰 구름 몇 송이 띄워보고
볼우물 곱게 웃음 웃는 너의 얼굴 또한
그 물낯에 비쳐보기도 하다가
이내 싱거워 돌멩이 하나 던져 깨뜨리고 마는
슬픈 나의 장난을.

2
솔바람 소리는 그늘조차 푸른빛이다.
솔바람 소리의 그늘에 들면 옷깃에도
푸른 옥빛 물감이 들 것만 같다.

사랑하는 사람아,

내가 너를 생각하는 마음조차 그만
포로소름 옥빛 물감이 들고 만다면
어찌겠느냐 어찌겠느냐.

솔바람 소리 속에는
자수정 빛 네 눈물 비린내 스며 있다.
솔바람 소리 속에는
비릿한 네 속살 내음새 묻어 있다.

사랑하는 사람아,
내가 너를 사랑하는 이 마음조차 그만
눈물 비린내에 스미고 만다면
어찌겠느냐 어찌겠느냐.

3
나는 지금도 네게로 가고 있다.
마른 갈꽃 내음 한 아름 가슴에 안고
살얼음에 버려진 골목길 저만큼
네모난 창문의 방안에 숨어서
나를 기다리는

빨강 치마 흰 버선 속의 따스한 너의 맨발을 찾아서.
네 열 개 발가락의 잘 다듬어진 발톱들 속으로.

지금도 나는 네게로 가고 있다.
마른 갈꽃송이 꺾어 한 아름 가슴에 안고
처마 밑에 정갈히 내건 한 초롱
네 처녀의 등불을 찾아서.
네 이쁜 배꼽의 한 접시 목마름 속으로
기뻐서 지줄대는 네 실핏줄의 노래들 속으로.

모음, 1979

돌계단

네 손을 잡고 돌계단을 오르고 있었지.

돌계단 하나에 석등이 보이고
돌계단 둘에 석탑이 보이고
돌계단 셋에 극락전이 보이고
극락전 뒤에 푸른 산이 다가서고
하늘에는 흰 구름이 돛을 달고 마악
떠나가려 하고 있었지.

하늘이 보일 때 이미
돌계단은 끝이 나 있었고
내 손에 이끌려 돌계단을 오르던 너는
이미 내 옆에 없었지.

훌쩍 하늘로 날아가 흰 구름이 되어버린 너!

우리는 모두 흰 구름이에요, 흰 구름.
육신을 벗고 나면 이렇게 가볍게 빛나는
당신이나 저나 흰 구름일 뿐이에요.
너는 하늘 속에서 나를 보며 어서 오라 손짓하며 웃고

나는 너를 따라갈 수 없어 땅에서 울고 있었지.
발을 구르며 땅에 서서 울고만 있었지.

누님의 가을, 1977

들국화

1
울지 않는다면서 먼저
눈썹이 젖어

말로는 잊겠다면서 다시
생각이 나서

어찌하여 우리는
헤어지고 생각나는 사람들입니까?

말로는 잊어버리마고
잊어버리마고……

등피
아래서.

2
살다 보면 눈물 날 일도
많고 많지만
밤마다 호롱불 밝혀

네 강심江心에 노를 젓는
나는 나룻배.

아침이면
이슬길 풀섶길 돌고 돌아
후미진 곳
너 보고픈 마음에
하얀 꽃송이 하날 피웠나부다.

누님의 가을, 1977

기도

내가 외로운 사람이라면
나보다 더 외로운 사람을
생각하게 하여 주옵소서

내가 추운 사람이라면
나보다 더 추운 사람을
생각하게 하여 주옵소서

내가 가난한 사람이라면
나보다 더 가난한 사람을
생각하게 하여 주옵소서

더욱이나 내가 비천한 사람이라면
나보다 더 비천한 사람을
생각하게 하여 주옵소서

그리하여 때때로
스스로 묻고
스스로 대답하게 하여 주옵소서

나는 지금 어디에 와 있는가?
나는 지금 어디로 향해 가고 있는가?
나는 지금 무엇을 보고 있는가?
나는 지금 무엇을 꿈꾸고 있는가?

굴뚝각시, 1985

숲 속에 그 나무 아래

숲 속에 그 나무 아래
우리들의 나뭇잎은 떨어져 있을 것이다.
떨어져 썩고 있을 것이다.
그날의 그 우리들의 숨소리, 발자국 소리,
익은 알밤이 되어 상수리나무 열매가 되어
썩은 나뭇잎 아래 싹을 틔우고 있을 것이다.

어차피 우리는 이승에서 남남인 걸요.
마음만 마주 뜨는 보름달일 뿐,
손끝 하나 닿을 수 없는
산드랗게 먼 하늘인 걸요.
안돼요 안돼요 안돼요 안돼요
한사코 흐르는 물소리 물소리……
덤불 속으로 기어드는 저기 저 까투리 까투리……

숲 속에 그 나무 아래
우리들의 나뭇잎은
떨어져 쌓여서 썩고 있을 것이다.
새싹을 틔우는 거름이 되고 있을 것이다.
아름다운 우리의 또 다른 여름을

아름다운 우리의 또 다른 가을을 꿈꾸며.

저 혼자서 꿈꾸며.

누님의 가을, 1977

가을 서한 · 1

1
끝내 빈 손 들고 돌아온 가을아,
종이 기러기 한 마리 안 날아오는 비인 가을아,
내 마음까지 모두 주어버리고 난 지금
나는 또 그대에게 무엇을 주어야 할까 몰라.

2
새로 국화잎새 따다 수놓아
새로 창호지문 바르고 나면
방안 구석구석까지 밀려들어오는 저승의 햇살.
그것은 가난한 사람들만의 겨울 양식.

3
다시는 더 생각하지 않겠다,
다짐하고 내려오는 등성이에서
돌아보니 타닥타닥 영그는 가을 꽃씨 몇 옴큼.
바람 속에 흩어지는 산 너머 기적 소리.

4
가을은 가고

남은 건
바바리코트 자락에 날리는 바람
때 묻은 와이셔츠 깃.

가을은 가고
남은 건
그대 만나러 가는 골목길에서의
내 휘파람 소리.

첫눈 내리는 날에
켜질
그대 창문의 등불빛
한 초롱.

대숲 아래서, 1973

가을 서한 · 2

1

당신도 쉽사리 건져주지 못할 슬픔이라면
해질녘 바닷가에 나와 서 있겠습니다.
금방 등돌리며 이별하는 햇볕들을 만나기 위하여.
그 햇볕들과 두 번째의 이별을 갖기 위하여.

2

눈 한 번 감았다 뜰 때마다
한 겹씩 옷을 벗고 나서는 구름,
멀리 웃고만 계신 당신 옆모습이랄까?
손 안 닿을 만큼 멀리 빛나는 슬픔의 높이.

3

아무의 뜨락에도 들어서 보지 못하고
아무의 들판에서 쉬지도 못하고
기웃기웃 여기 다다랐습니다.
고개 들어 우러르면 하늘, 당신의 이마.

4

호오, 유리창 위에 입김 모으고

그 사람 이름 썼다 이내 지우는
황홀하고도 슬픈 어리석음이여,
혹시 누구 알 이 있을까 몰라…….

대숲 아래서, 1973

다시 산에 와서

세상에 그 흔한 눈물
세상에 그 많은 이별들을
내 모두 졸업하게 되는 날
산으로 다시 와
정정한 소나무 아래 터를 잡고
둥그런 무덤으로 누워
억새풀이나 기르며
솔바람 소리나 들으며 앉아 있으리.

멧새며 소쩍새 같은 것들이 와서 울어주는 곳,
그들의 애인들꺼정 데불고 와서 지저귀는
햇볕이 천년을 느을 고르게 비추는 곳쯤에 와서
밤마다 내리는 이슬과 서리를 마다하지 않으리.
길길이 쌓이는 장설壯雪을 또한 탓하지 않으리.

내 이승에서 빚진 마음들을 모두 갚게 되는 날,
너를 사랑하는 마음까지
백발로 졸업하게 되는 날
갈꽃 핀 등성이 너머
네가 웃으며 내게 온다 해도

하낫도 마음 설레일 것 없고
하낫도 네게 들려줄 얘기 이제 내게 없으니
너를 안다고도
또 모른다고도
숫제 말하지 않으리.

그 세상에 흔한 이별이며 눈물,
그리고 밤마다 오는 불면들을
내 모두 졸업하게 되는 날,
산에 다시 와서
싱그런 나무들 옆에
또 한 그루 나무로 서서
하늘의 천둥이며 번개들을 이웃하여
떼강물로 울음 우는 벌레들의 밤을 싫다하지 않으리.
푸르디푸른 솔바람 소리나 외우고 있으리.

대숲 아래서, 1973

상수리나무 나뭇잎 떨어진 숲으로

오뉴월에 껴입은 옷들을 거의 다 벗어가는 그대여.
가자, 가자,
나도 거의 다 입은 옷 벗어가니
상수리나무 나뭇잎 떨어져 쌓인 상수리나무 숲으로
칡순같이 얽혀진 손을 서로 비비며.

와삭와삭 돌아눕는 낙엽 아래
그 동안 많이도 잃어진 천국의 샘물을 찾으러,
가으내 머리 감을 때마다
뽑혀나간 머리카락들을 찾으러.

가자, 가자,
마지막 남은 옷들을 벗기 위하여
상수리 나뭇잎 떨어진 상수리나무 숲으로
이젠 뼈마디만 남은
열 개 스무 개 발가락들 서로 비비며.
열 개 스무 개 마음의 뼈마디들 서로 비비며.

대숲 아래서, 1973

봄바다

모락모락 입덧이 났나베.
별로 이쁘진 않았어도
내게는 참 이쁘기만 했던 그녀가
감쪽같이 딴 사내에게 시집 가
기맥힌 솜씨로 첫애기를 배어,
보름달만한 배를 쓸어안고
입덧이 났나베.
잡초 같은 식욕에 군침이 돌아
돌아앉아 자꾸만 신 것이 먹고 싶나베.

깊이 모를 어둠에서 등돌려 돌아오는
빛살을 바라보다가
희디흰 바다의 속살에 눈이 멀어서
그만 눈이 멀어서
자꾸만 헛던지는 헛낚시에
헛걸려 나오는 헛구역질, 헛구역질아.

첫애기를 밴 내 그녀가
항缸만해진 아랫배를 쓸어안고
맨살이 드러난 부끄럼도 잊은 채

145

어지럼병이 났나베.
착하디착한 황소눈에
번지르르 눈물만 갓돌아서
울컥울컥 드디어 신 것이 먹고 싶나베,
홉살이* 간 내 그녀가.

* 홉살이 : '후살이'의 방언.

대숲 아래서, 1973

달밤

어수룩히 숙어진 무논 바닥에
외딴집 호롱불 깜박이는
산이 내리고

소나기처럼 우는
개구리 울음에
물에 뜬 달이 그만 바스라지다.

달밤.

안개는 피어서 꿈으로 가나,
물에 절은 쌍꺼풀눈
설운 네 손톱을,

한 짝은 어디 두고
홀로이 와서
입안에 집어넣고 자근자근 씹어주고 싶은
네 아랫입술 한 짝을,

눈물 아슴아슴

돌아오는 길.

어디서 아득히 밤뻐꾸기 한 마리
울다말다 저 혼자도 지치다.
나 혼자 이슬에 젖는 어느 밤.

대숲 아래서, 1973

메꽃

마파람이 몹시 불어 미루나무 숲에서 샘물 퍼내는 두레박 소리가 나는 밤, 그때마다 약속이라도 한 듯 청개구리 떼를 지어 목을 놓아 우는 밤에, 애기를 낳지 못하는 아내를 위하여 아내와 함께 울었다. 무엇으로도 부족할 것이 없는 당신이 나 때문에 부족한 사람이 되었으니, 다른 여자 얻어서 애 낳고 살라고, 그렇지만 아주 헤어질 수는 없고 서울에다 전세방 하나 얻어주고 생활비 대주고 한 달에 두어 번만 찾아와 준다면, 그것으로 자족하고 살아가겠으니 물러나겠노라 앙탈하는 아내를 달래다가, 나도 그만 아내 따라 울고 말았다.

어디 그게 할 말이나 되냐고, 첫애기 잘못 되어 여러 번 수술하다 보니 그렇게 된 것이지, 어디 그게 당신 죄냐고 차마 그럴 수는 없는 일이라고. 그러느니 차라리 영아원에 가서 아이 하나 데려다 기르며 같이 살자고, 왜 이런 슬픔이 우리 것이어야만 하느냐고, 남들이 듣지 못하게 작은 목소리로 더욱 작은 울음 소리로 느껴울다가 지쳐 잠이 들었다.

자고 일어난 다음날 아침, 흙담을 타고 올라가 메꽃 한 송이 피어 있는 게, 그날 따라 아프게 눈에 띄었다. 밤 사이 우리 울음을 몰래몰래 훔쳐 먹고 우리 눈물을 가만가만 받아먹고, 꺼질 듯한

한숨으로 발가벗은 황토흙담 위에 피어서 바람에 날리는 메꽃.
그러고 보니 아내 얼굴 또한 누르땡땡하니 부은 게 메꽃같이 보
였다. 하긴 아내 눈에 내 얼굴도 메꽃쯤으로 보였으리라. 메꽃!
너, 버려진 땅 아무 데서나 자라, 하루 아침 한 때를 분단장하고
피었다가, 이내 시들고 마는 푸새. 담홍빛 슬픔의 찌꺼기여.

누님의 가을, 1977

들길을 걸으며

1
세상에 와 그대를 만난 건
내게 얼마나 행운이었나?
그대 생각 내게 머물므로
나의 세상은 빛나는 세상이 됩니다
많고 많은 사람 중에 그대 한 사람
그대 생각 내게 머물므로
나의 세상은 따뜻한 세상이 됩니다.

2
어제도 들길을 걸으며
당신을 생각했습니다
오늘도 들길을 걸으며
당신을 생각했습니다
어제 내 발에 밟힌 풀잎이
오늘 새롭게 일어나
바람에 떨고 있는 걸
나는 봅니다
나도 당신 발에 밟히면서
새로워지는 풀잎이면 합니다

당신 앞에 여리게 떠는
풀잎이면 합니다.

추억이 손짓하거든, 1989

비단강

비단강이 비단강임은
많은 강을 돌아보고 나서야
비로소 알겠습디다

그대가 내게 소중한 사람임은
더 많은 사람들을 만나고 나서야
비로소 알겠습디다

백 년을 가는
사람 목숨이 어디 있으며
오십 년을 가는
사람 사랑이 어디 있으랴……

오늘도 나는
강가를 지나며
되뇌어 봅니다.

사랑하는 마음 내게 있어도, 1985

153

산수유꽃 진 자리

사랑한다, 나는 사랑을 가졌다
누구에겐가 말해주긴 해야 했는데
마음 놓고 말해줄 사람 없어
산수유꽃 옆에 와 무심히 중얼거린 소리
노랗게 핀 산수유꽃이 외워두었다가
따사로운 햇빛한테 들려주고
놀러온 산새에게 들려주고
시냇물 소리한테까지 들려주어
사랑한다, 나는 사랑을 가졌다
차마 이름까진 말해줄 수 없어 이름만 빼고
알려준 나의 말
여름 한 철 시냇물이 줄창 외우며 흘러가더니
이제 가을도 저물어 시냇물 소리도 입을 다물고
다만 산수유꽃 진 자리 산수유 열매들만
내리는 눈발 속에 더욱 예쁘고 붉습니다.

이 세상의 모든 사랑, 2005

이름 부르기

순이야, 부르면
입 속이 싱그러워지고
순이야, 또 부르면
가슴이 따뜻해진다

순이야, 부를 때마다
내 가슴속 풀잎은 푸르러지고
순이야, 부를 때마다
내 가슴속 나무는 튼튼해진다

너는 나의 눈빛이
다스리는 영토
나는 너의 기도로
자라나는 풀이거나 나무거나

순이야, 한 번씩 부를 때마다
너는 한 번씩 순해지고
순이야, 또 한 번씩 부를 때마다
너는 또 한 번씩 아름다워진다.

* 원래의 제목은 「호명」임.

지는 해가 눈에 부시다, 1994

사랑하는 마음 내게 있어도

사랑하는 마음
내게 있어도
사랑한다는 말
차마 건네지 못하고 삽니다
사랑한다는 그 말 끝까지
감당할 수 없기 때문

모진 마음
내게 있어도
모진 말
차마 하지 못하고 삽니다
나도 모진 말 남들한테 들으면
오래오래 잊혀지지 않기 때문

외롭고 슬픈 마음
내게 있어도
외롭고 슬프다는 말
차마 하지 못하고 삽니다
외롭고 슬픈 말 남들한테 들으면
나도 덩달아 외롭고 슬퍼지기 때문

>

사랑하는 마음을 아끼며
삽니다
모진 마음을 달래며
삽니다
될수록 외롭고 슬픈 마음을
숨기며 삽니다.

사랑하는 마음 내게 있어도, 1985

내가 꿈꾸는 여자

1
내가 꿈꾸는 여자는
발가락이 이쁜 여자.
발뒤꿈치가 이쁜 여자.
발톱이 이쁜 여자.

정말로 내가 꿈꾸는 여자는
발가락에 때가 묻지 않은 여자.
발뒤꿈치에 때가 묻지 않은 여자.
발톱에 때가 묻지 않은 여자.

그리고 감옥 속에 갇혀서
다소곳이 기다릴 줄도 아는 발을 가진
그러한 여자.

2
그녀의 발은 꽃이다.
그녀의 발은 물에서 금방 건져낸 물고기다.
그녀의 발은 풀밭에 이는 바람이다.
그녀의 발은 흰 구름이다.

그녀의 발은

내 가슴을 짓이기기 위해서만 존재한다.

그녀의 발 아래서

나의 가슴은 비로소 꽃잎일 수 있다.

그녀의 발 아래서

나의 가슴은 비로소 흰 구름일 수 있다.

금방 물에서 건져낸 물고기일 수도 있다.

누님의 가을, 1977

서러운 봄날

꽃이 피면 어떻게 하나요
또다시 꽃이 피면 나는
어찌하나요

밥을 먹으면서도 눈물이 나고
술을 마시면서도 나는
눈물이 납니다

에그 나 같은 것도 사람이라고
세상에 태어나서 여전히 숨을 쉬고
밥도 먹고 술도 마시는구나 생각하니
내가 불쌍해져서 눈물이 납니다

비틀걸음 멈춰 발밑을 좀 보아요
앉은뱅이걸음 무릎걸음으로 어느새
키 낮은 봄 풀들이 밀려와
초록의 주단방석을 깔려합니다

일희일비―喜―悲,
조그만 일에도 기쁘다 말하고

조그만 일에도 슬프다 말하는 세상
그러나 기쁜 일보다는
슬픈 일이 많기 마련인 나의 세상

어느 날 밤늦도록 친구와 술 퍼마시고
집에 돌아가 주정을 하고
아침밥도 얻어먹지 못하고 집을 나와
새소리를 들으며 알게 됩니다

봄마다 이렇게 서러운 것은
아직도 내가 살아 있는
목숨이라서 그렇다는 것을
햇빛이 너무 부시고 새소리가
너무 고와서 그렇다는 걸 알게 됩니다

살아 있다는 것만으로도
아, 그것은 얼마나
고마운 일이겠는지요……

꽃이 피면 어떻게 하나요

또다시 세상에 꽃 잔치가 벌어지면
나는 눈물이 나서 어찌하나요.

섬을 건너다 보는 자리, 2001

내가 사랑하는 계절

내가 제일로 좋아하는 달은
십일월이다
더 여유 있게 잡는다면
십일월에서 십이월 중순까지다

낙엽 져 홀몸으로 서 있는 나무
나무들이 깨금발을 딛고 선 등성이
그 등성이에 햇빛 비쳐 드러난
황토 흙의 알몸을
좋아하는 것이다

황토 흙 속에는
시제時祭 지내러 갔다가
막걸리 두어 잔에 취해
콧노래 함께 돌아오는
아버지의 비틀걸음이 들어 있다

어린 형제들이랑
돌담 모퉁이에 기대어 서서 아버지가
가져오는 봉송封送 꾸러미를 기다리던

해 저물녘 한 때의 굴품한* 시간들이
숨쉬고 있다

아니다 황토 흙 속에는
끼니 대신으로 어머니가
무쇠 솥에 찌는 고구마의
구수한 내음새 아스므레
아지랑이가 스며 있다

내가 제일로 좋아하는 계절은
낙엽 져 나무 밑둥까지 드러나 보이는
늦가을부터 초겨울까지다
그 솔직함과 청결함과 겸허를
못 견디게 사랑하는 것이다.

* 굴품한 : '배가 고픈 듯한', '시장기가 드는 듯한'의 충청도 방언.

슬픔에 손목잡혀, 2000

하나님 다음가는 창조자

이숭원 서울여대 교수 · 문학평론가

하나님 다음가는 창조자

이숭원 서울여대 교수 · 문학평론가

박용철(1904~1938)은 그가 남긴 마지막 시론 「시적 변용에 대하여」(『삼천리문학』, 1938. 1)에서 시인을 "하나님의 다음가는 창조자"라고 지칭했다. 이 말은 낭만주의 시론의 영향을 받은 '시인천재론'에 해당하는 발언이기는 하지만 그렇게 과장된 것은 아니다. 시를 깊이 탐구하는 사람이면 누구나가 도달하게 되는 시 창작의 신비로운 과정을 비유한 말로 이해하면 될 것이다.

나태주 시인은 나보다 10년 연상인데, 그분처럼 세심하고 다감한 사람은 지금까지 만난 적이 없다. 등단하여 무엇이 무언지 모르고 글을 쓰던 30대 시절 나태주 시인을 처음 만났다. 그는 내 글을 읽고 눈물을 흘렸다고 말했다. 말하려고 작정했다가 즉시로 토로한 것이 아니라 나를 보니 생각이 떠오른 듯 더듬거리며 말했다. 말을 몇 번이나 끊어가면서 간신히 전문을 이어갔다. 그는 눈물 흘리던 그때의 감정을 시로 써 두었다가 자신의 전집(2006)에 수록했다. 활판본 시집 『지상에서의 며칠』(시월, 2010. 4)을 보내면서 표지에 서명과 함께 그 사연을 적어 보내서 알게 되었다. 거기 단정하고 고요한 풀꽃 그림이 들어 있었던 것은 물론이다.

언제부터인지는 알 수 없으나 그는 문학인 행사에 참여하면 본인의 행사가 아닌데도 사진을 찍는다. 사진을 찍는 사람은 많이 있지만 사진을 보내주는 사람은 드물다. 그는 반드시 사진을 보내준다. 사진에 단정하고 고요한 풀꽃 그림이 동봉되어 있을 때도 있고 그렇지 않을 때도 있지만, 사진을 보내주는 일은 한 번도 거른 적이 없다. 나 이외에도 많은 사람들이 사진을 받고 풀꽃 그림을 받았다고 한다. 사진을 받고 고맙다는 인사를 한 일이 거의 없으니, 다른 사람 역시 비슷할 것이다. 그런데도 그는 이 일을 계속하고 있다. 이 일을 계속하는 사람은 지구상에 그밖에 없다. 이것은 놀라운 일이다. 그것은 억지로 만들거나 꾸며서 되는 일이 아니다. 스스로 신명이 나야 할 수 있는 일이다. 사람을 진정으로 좋아해야 할 수 있는 일이다. 자신보다 타인에게 관심이 있어야 가능한 일이다. 그런 점에서 나와는 아주 다른 유형의 인물이다. 그러한 그가 최근 자신의 속내를 직접 드러내는 시를 발표했다.

나 이제 나이 들어 막가파식으로 살고
남발하면서 산다
풀꽃 시화 그려달라면 이 사람 저 사람 그려주고
사인해달라면 사람 가리지 않고 해준다

학생들이 사인해달라면 이름 적어 가지고 와
집에서 사인해서 우편으로 부쳐주기도 한다
강연해달라면 거리 불문 대상 불문 좋다 하고
강연료도 크게 따지지 않는다
사람들이 나 보자고 하지 않는가
더구나 어린 학생들이 오라고 하지 않는가
나 이제 나이 들어 세상을 남발하면서 살고
막가파식으로 살고 싶다
나 없는 세상에 그것들이라도 남아 서로 수군거리며
내 얘기 많이 하기를 바라는 마음에서다
민들레 홀씨처럼 어딘가에 뿌리내려
저들끼리 예쁘게 피어나기를 바라는 마음에서다.
— 「민들레 홀씨처럼」(『시인수첩』, 2014. 가을호) 전문

　오래된 우스갯소리에, 성불구를 주장한 사람은 '고자'고 성개
방설을 주장한 사람은 '주자'라는 말이 있다. 나 시인은 '주자'로
나서겠다는 것이다. 누구에게나 막 주는 막가파로 살겠다는 것
이다. 그러나 이것은 어제오늘의 일이 아니다. 그가 이 일을 실
천한 지는 오래 되었다. 단정하고 고요한 풀꽃 그림 보내고, 자
신의 모습이 들어 있지도 않은 사진 보내는 일을 30년 이상 하지
않았는가. 이 시에서 새롭게 파악한 것은 그가 이 일을 하는 이
유다. 여기에는 뜻하지 않게 이기적인 욕심이 담겨 있는 듯하다.
"나 없는 세상에 그것들이라도 남아 서로 수군거리며/ 내 얘기
많이 하기를 바라는 마음"에서 그리한다고 말했다. 독실한 기독

교인이라 세상 뜨면 바로 하나님 나라에 갈 텐데, 그것도 모자라 자신의 분신들이 남아 자신에 대한 얘기를 많이 하기를 바란다니. 이승과 저승에 두루 넘치기를 바란단 말인가?

그 다음 구절을 읽으니 생각이 달라진다. 내 얘기를 하되 그것이 나를 높이는 데 쓰이는 것이 아니라, "저들끼리 예쁘게 피어나기를 바라는 마음"에서라고 했다. 이것은 개인의 추앙과는 다른 차원의 것이다. 예컨대 그가 「풀꽃 1」 같은 시에서 짧고도 깊게 노래했던 세상 사랑의 정신이 여러 사람들 마음에 전달되어 더욱 예쁘게 피어나기를 바라는 소박한 소망이다. 이것은 개인의 욕심과는 전적으로 다른 것이다. 아름답고 고운 생각이 만인에게 전파되고 재생산되기를 희망한 것이다. 이러한 일을 행하는 사람을 불교에서는 보살이라고 하고, 보살이 행하는 베풂을 무주상無住相 보시라고 한다. 베푼다는 생각 없이 그저 남을 이롭게 한다는 뜻이다. 그는 기독교인이니 조금 다른 관점에서, 좋은 생각을 무작정 많이 나누어 주어서 다른 사람들 마음에 예쁘게 피어났으면 좋겠다고 말한 것이다.

나태주 시인은 1971년 《서울신문》 신춘문예에 「대숲 아래서」로 등단했다. 초기의 시들은 이루지 못하는 사랑의 안타까움과 애틋한 그리움을 많이 표현했다. 그러나 그는 실연의 아픔을 자연의 서정으로 극복했다. "어젯밤 꿈엔 너를 만나 쓰러져 울었다"고 했지만 가을의 구름과 밤안개와 달님 등을 통해 자신의 아픔이 승화될 수 있음을 노래했다. 「가을 서한 1」은 빈 손, 빈 마음으로 남은 자신의 허전함을 노래하지만, 「삼월의 새」에 오면 실연의 슬픔을 생명의 과일로 전환시키고 있고, 「다시 산에 와서」는 '장설壯雪'의 이미지를 빌려 자연미의 발견을 통해 눈물과 이별의 날들을 졸업할 수 있음을 노래한다. 감정의 번민을 다 정리하고 나면 "싱그런 나무들 옆에/ 또 한 그루 나무로 서서/ 하늘의 천둥이며 번개들을 이웃하여/ 떼강물로 울음 우는 벌레들의 밤을 싫다하지 않으리/ 푸르디푸른 솔바람 소리나 외우고 있으리"라고 자신의 미래를 거의 정확하게 예언하고 있다. 이 시에서 노래한 대로 그의 삶과 시가 펼쳐졌으니 그의 도력이 보통 높은 것이 아니다.

1973년에 첫 시집을 내고 그해 10월에 결혼함으로써 그의 사랑 시는 두 번째 라운드에 들어간다. 자연과 교감하고 자연을 관조하는 천진한 사랑의 서정시들을 자발적으로 수십 년 동안 끊임없이 지어냈다. 그는 자연 속에 노니는 어린이가 되기도 하고 아예 자연의 일부가 되기도 하며 자연의 심부름꾼이 되기도 한다.

한밤중에 까닭 없이 잠이 깨어 화분을 보았더니 화분이 바짝 말라 있다. 그것을 보고 시인은 화분이 목말라 나를 깨웠다고 생각한다. 그는 자연과 한 식구가 되어 살고 있는 것이다. 난초의 모습을 가만히 들여다보니 남들이 보지 못하던 신비로운 장면까지 포착한다. 난초 이파리가 허공에 몸을 기대니 허공도 몸을 숙이면서 난초 이파리를 살그머니 보듬어 안는 것이다. 난초와 허공이 은밀한 사랑을 나누는 것인데 시인은 "그들 사이에 사람인 내가 모르는/ 잔잔한 기쁨의/ 강물이 흐른다"(「기쁨」)고 표현했다. 그것을 시인이 어떻게 본 것일까? '자세히 오래 본' 것이다. 그러면 자연의 정령이 되어 사람이 못 보는 신묘한 정경을 포착

할 수 있다. 봄에 벚꽃이 지는 것을 본다. 벚꽃이 진다고 안타까워하는 것은 천박한 인간의 시각이다. 벚나무는 꽃잎을 붙들고 있는 것이 힘이 들어서 바람결에 꽃잎을 슬그머니 맡기는 것이다. 부처님의 "미소 사이로"(「미소 사이로」) 보면 이러한 자연의 신비경을 체험할 수 있다. 저녁 때 우연히 대문이 열리기도 하는데 그 이유가 무엇일까? "백합꽃 향기가 너무 진하여"(「산책」) 대문이 저절로 열리는 것이다. 이런 것들을 다 알아야 진정한 자연의 이웃이 되었다고 말할 수 있으리라. 그는 이런 마음의 홀씨가 여러 사람들의 마음에 심어졌다가 예쁘게 피어나기를 바라는 사람이다.

그는 자연의 아름다움이나 생명의 신비로움을 노래하는 것에 그치지 않고 생명의 힘을 노래한다. 거대한 생명체의 힘이 아니라 눈에도 잘 뜨이지 않는 미미한 생명체의 힘을, 천진한 어린이가 지닌 무한한 힘을 노래한다. 「응?」은 어린 아기가 끌고 가는 엄마와 아빠를, 아이들이 끌고 가는 학교와 선생님을 이야기한다. 천진한 아가는 지구를 통째로 안고도 잘 놀 수 있을 것이라 상상한다. 아이들의 천진성이 무한한 힘을 지니고 있다는 믿음이다. 다음 시는 작은 생명의 내부에 도사리고 있는 놀라운 힘을 하나의 정경으로 포착하여 생생하게 보여준다.

　　　무심히 지나치는
　　　골목길

　　　무겁고 단단한

아스팔트 각질을 비집고
솟아오르는
새싹의 촉을 본다

얼랄라
저 여리고
부드러운 것이!

한 개의 촉 끝에
지구를 들어올리는
힘이 숨어 있다.
— 「촉」 전문

이 시의 주제는 겉으로만 보면 단순해 보인다. 여리고 부드러운 식물의 싹이 무겁고 단단한 아스팔트 각질을 비집고 솟아오르는 장면을 나타낸 것이다. "한 개의 촉 끝에/ 지구를 들어올리는/ 힘이 숨어 있다"고 시인은 말했다. 이러한 생각은 나태주 시인이 아닌 다른 사람들도 얼마든지 할 수 있다. 이 시가 독창적인 것은 1연과 3연의 대비적 표현에 있다. 바로 이 부분이 나태주다운 시의 특성을 보여준다. 무심히 지나치는 골목길에서 생명의 신비로운 힘을 목격하고 그것에 의해 '무심함'이 "얼랄라"의 '경이감'으로 바뀌는 전환의 과정이 시적인 의미를 지닌다. 우리는 이러한 나태주의 시에서 시의 의미도 새롭게 깨닫게 된다. 시 역시 부드럽고 여린 존재지만 그 안에 우주를 들어 올리

는 힘이 숨어 있다는 사실을 깨닫는다. 그는 생명에 대한 관심을
생태학적 관계로 확장하여 다음과 같은 놀라운 시를 창조했다.

> 누군가 죽어서
> 밥이다
>
> 더 많이 죽어서
> 반찬이다
>
> 잘 살아야겠다.
> ─ 「생명」 전문

이 짧은 시에 담긴 생태학적 사유는 만 권의 생태학 저술보다
더 강한 설득력과 전파력을 지닌다. 우리는 누구든 잘 먹고 잘
살기를 바란다. 이것은 요즘 유행하는 건강 프로의 중심 화두다.
그러나 잘 먹고 잘 살기 위해서는 무언가가 잘 죽어서 우리의 먹
이가 되어야 한다. 이러한 의식을 갖고 음식을 먹는 것과 그렇지
않은 것은 하늘과 땅의 차이가 있다. 어찌 먹는 것만 그렇겠는
가? 우리가 숨 쉬고 걸어 다닐 때 많은 생명체들이 죽어 넘어진
다. 우리가 사는 것 자체가 남에게 죄를 짓는 일이다. 그러니 정
말로 "잘 살아야겠다".

그는 2007년 췌장염으로 생명의 막판에 몰리는 병고를 겪었
다. 가족들이 장례 준비까지 했다는데, 그는 죽음의 길목에서 기
적처럼 살아났다. 죽음 가까이 갔을 때 어떤 느낌이었느냐고 내

가 물었더니, 그리 기분이 나쁘지 않았고 고요하고 아늑한 어떤 곳으로 넘어가는 느낌이 들었다고 일러주었다. 그 대답이 참으로 담담하고 신비로웠다.

그 전까지 그는 건강했고 오히려 그의 아내가 병약했다. 아내의 건강을 걱정하며 쓴 시가 아주 많다. 그 중 「화이트 크리스마스」가 가슴을 울린다. 크리스마스이브 눈 내리는 밤거리에서 집으로 가는 택시를 기다린다. 집에는 네 번이나 수술을 한 늙은 아내가 기다리고 있다. 아내는 이십육 년 동안 고락을 나눈 동지다. 병약한 아내가 걱정이 되는데 택시는 빨리 오지 않는다. 그 불안감을 "눈은 땅에 내리자마자/ 녹아 물이 되고 만다/ 목덜미에 내려 섬뜩섬뜩한/ 혓바닥을 들이밀기도 한다"고 표현했다. 아내에 대한 사랑이 없으면 나올 수 없는 구절이다. 독실한 기독교인인 그가 하나님에게 아내에게 너무 심하게 하지 말라고 호소하는 시가 「너무 그러지 마시어요」다. 그는 아내를 일컬어 "그어떤 사람보다도 죄를 안 만든 여자"라고 했고, "두 아이의 엄마로서 울면서 기도하는 능력밖엔 없는 여자", "자기 이름으로 꽃밭 한 평, 채전 밭 한 귀퉁이 가지지 못한 여자"라고 했다. 사실 그대로일 것이다.

아주 오래 전 술자리에서 그의 아내가 자궁을 잃었다고 내게 말한 적이 있다. 아내를 어떻게 대하느냐고 물었다. 학교 일이 끝나면 교장 관사 둘레의 꽃길을 손을 꼭 잡고 걷고, 많은 대화를 나누며, 밤에는 반드시 꼭 끌어안고 잠에 든다고 했다. 성적 관능과는 거리가 멀어 보이는 그의 뜻밖의 말에 나는 당황했다. 정말 그러느냐고 하자 자궁을 잃은 아내가 안쓰러워서 더 사랑하게 되었다고 했다. 거짓말을 할 줄 모르는 그이니 사실 그대로일 것이다.

그런 아내를 두고 그가 저승 가까이 갔다가 다시 돌아온 것이다. 그는 자신의 죽음을 관조하는 시를 썼다. 죽을 고비를 넘겼으니 인생의 도사가 된 것이다. 「울던 자리」는 자신이 중환자실에 있을 때 가족들이 슬픔에 잠겨 있던 자리를 연상하고 쓴 시다. 그들의 막막함을 떠올리며 "여러 날 그들은/ 비를 맞아 날 수 없는/ 세 마리의 산비둘기였을 것이다"라고 했다. "산비둘기"라는 구절이 가슴을 친다. 자신의 죽음보다 가족들이 겪을 아픔과 슬픔을 걱정하는 시인의 자애로움에 가슴이 뭉클하다. 「좋은 약」은 어떠한가? 중환자실에 널브러져 있을 때 시인의 부친께서 절룩거리는 다리로 지팡이를 짚고 면회를 왔다. 부친의 문병 말씀 중 "세상은 아직도 징글징글하도록 좋은 곳이란다"라는 말이 좋은 약이 되어 살아났다고 한다. 여기서도 세상의 모든 것을 긍정하는 그의 맑은 시선과 마음의 힘을 엿볼 수 있다. 세상이 징그럽도록 좋은 곳이라고 생각하면 저승 문턱에서도 살아 나오리라.

그날 이후 그의 시는 일상의 행복을 더 많이 노래하고 이 징글징글하도록 좋은 세상에 존재하는 기쁨을 더 진하게 노래한다. 그 시들은 참으로 아름답고 때로 숭엄하며 대부분 고귀하다. 그리고 모두 재미있다. 징글징글하도록 좋은 세상에 사는 즐거움을 흠씬 맛보게 해 준다. 「그날 이후」는 병원에서 퇴원하고 직장에서도 퇴직한 후 몸과 마음이 작아진 시인이 아내를 어린애처럼 따라 다니며 아내와 동행하는 즐거움을 이야기한다. 2천5

백 원짜리 잔치국수만 먹어도 배가 부르는 행복감을 어디서 얻을 수 있으랴. 몽당연필은 정겹고 귀엽다. 근검절약이 생활화되어 있는 육이오 세대에게 볼펜 깍지에 끼워 쓰는 몽당연필은 많은 것을 생각하게 한다. 초등학교에 재직할 때 필통 가득 몽당연필을 모았다고 했다. 아내에게 내가 그런 몽당연필로 보였으면 좋겠다고 시인은 말한다. 나보다 10년 연상인 나태주 시인. 나도 10년 후에는 몽당연필로 보일 수 있을까? 풀꽃 하나를 가만히 들여다보지 못하는 나이니 그건 어려울 것 같다. 심지어 그는 아내에게 "개처럼" 보이고 싶다고 「개처럼」에서 말했다. 맛있는 것은 구석진 곳에 가서 먹는 습관 때문이다. 10년 후에는 나도 개처럼 먹게 될까? 그렇지 못할 것 같다. 「완성」에서는 아내와 시인이 각각 반편으로 살다 보니 하나로 합쳐야 완전한 존재가 된다고 했다. 스스로 반편이 될 때 부부는 비로소 온전한 몸으로 완성된다니, 대단한 발견이다. 그 단정하고 고요한 시 「완성」을 표구에 새겨 삶의 귀감으로 삼고, 행복의 시금석으로 삼으려 한다.

집에 밥이 있어도 나는
아내 없으면 밥을 먹지 않는 사람

내가 데려다 주지 않으면 아내는
서울 딸네 집에도 가지 못하는 사람

우리는 이렇게 함께 살면서

반편이 인간으로 완성되고 말았다.

— 「완성」 전문

타인에 대한 배려가 깊은 나태주 시인은 시인이라는 존재에 대해서도 누구보다 깊이 이해한다. 그 두 편의 작품이 「시인학교」와 「서정시인」이다. 시인을 대상으로 한 시를 무수히 많이 보았지만 이렇게 간명하게 시인을 표현한 작품은 보지 못했다. 시인은 꿈이 많고 욕심이 많고 그래서 자기밖에 모르고 그래서 어린애처럼 순수할 수 있다. 그렇게 순수한 어린애의 시각을 지녔기에 시인은 자연의 비밀스러운 아름다움을 발견할 수 있다. 우리들은 시인의 어느 일면만을 보는데 그는 시인의 전모를 파악했고 시인의 일상적 한계까지도 슬기롭게 이해하여 그것을 짧은 시로 압축해 표현했다. 참으로 놀라운 일이다.

우리는 많은 것을 가졌는데도 늘 불행하다고 생각한다. 그러나 자연의 천진한 눈을 가진 시인은 아주 소박하고 편안하게 진정한 행복이 어떠한 것인가를 노래한다. 그의 시는 자세히 읽어야 예쁘고, 오래 읽어야 사랑스럽다. 인생의 진실, 우주의 진리는 거창한 이론이나 기묘한 논리에서 오는 것이 아니라, 단정하고 고요하게 세상을 바라볼 때 저절로 솟아나는 것임을 그의 시가 깨닫게 한다. 이러한 발견과 터득의 기법은 지구 역사상 어느 누구도 시도한 적이 없다. 나태주 시인만이 이렇게 했다. 이로써 그는 하나님 다음 자리의 창조자가 되었다.

나태주 시선집 개정판

풀꽃

발 행	2014년 9월 15일
초 판 6쇄	2019년 2월 20일
개정판 6쇄	2023년 7월 21일
지 은 이	나태주
펴 낸 이	반송림
펴 낸 곳	도서출판 지혜 • 계간시전문지 애지
기획위원	반경환 이형권
주 소	34624 대전광역시 동구 태전로 57, 2층 도서출판 지혜 (삼성동)
전 화	042-625-1140
팩 스	042-627-1140
전자우편	eji@ji-hye.com
	ejisarang@hanmail.net
애지카페	cafe.daum.net/ejiliterature

ISBN	979-11-5728-436-8 03810
값	11,000원

나태주

나태주 시인은 1945년 충남 서천에서 출생했고, 1963년 공주사범학교를 졸업했다. 1964년 초등학교 교사로 부임했고, 2007년 공주 장기초등학교 교장으로 43년간의 교직 생활을 마감하면서 황조근정훈장을 받았다. 1971년 《서울신문》 신춘문예로 등단하였고, 1973년 첫 시집 『대숲 아래서』(예문관)를 출간한 이래 『제비꽃 연정』(문학사상사)까지 46권의 창작시집을 출간했다. 산문집으로는 『시골 사람 시골 선생님』, 『꿈꾸는 시인』, 『날마다 이 세상 첫날처럼』, 『좋다고 하니까 나도 좋다』, 『부디 아프지 마라』 등 20여 권을 출간했고 동화집 『외톨이』, 『교장 선생님과 몽당연필』, 그림 시집 『사랑하는 마음 내게 있어도』, 『너도 그렇다』, 『너를 보았다』, 『나태주 육필시화집』, 『나태주 연필화시집』 등을 출간했다. 이밖에도 『나태주 시전집(4권)』, 『나태주 후기 시전집(3권)』, 선시집 『추억의 묶음』, 『멀리서 빈다』, 『별처럼 꽃처럼』, 『꽃을 보듯 너를 본다』, 『지금도 네가 보고 싶다』, 『가장 예쁜 생각을 너에게 주고 싶다』, 『사막에서 길을 묻지 마라』, 『너와 함께라면 인생도 여행이다』 등 총 150여 권의 문학 서적을 출간했다. 그런 가운데 『꽃을 보듯 너를 본다』는 국내에서 52만 부 판매되는 베스트셀러가 되었으며 일본과 태국, 인도네시아에서도 번역 출간되었다.

그동안 받은 상으로는 흙의문학상, 충청남도문화상, 현대불교문학상, 박용래문학상, 시와시학상, 편운문학상, 한국시협상, 정지용문학상, 고운문화상, 공초문학상, 김삿갓문학상, 소월시문학상, 김달진문학상 등이 있고 충남문인협회 회장, 충남시인협회 회장, 공주문인협회 회장, 한국시인협회 심의위원장, 공주문화원장을 거쳐 2020년부터는 43대 한국시인협회 회장으로 일하고 있다. 또한, 2014년부터는 공주시의 도움으로 '나태주 풀꽃문학관'을 설립 · 운영하고 있으며 풀꽃문학상을 제정 · 시상하고 있다. 그밖에 지원하거나 주관하는 문학상으로 해외풀꽃시인상, 신석초문학상, 공주문학상 등이 있다.

이메일: tj4503@naver.com